단골

행복한 우동가게
다섯 번째 이야기

단골

초판 1쇄인쇄 2023년 11월 10일
초판 1쇄발행 2023년 11월 15일

저 자 강순희
발행인 박지연
발행처 도서출판 도화
등 록 2013년 11월 19일 제2013-000124호
주 소 서울시 송파구 중대로 34길 9-3
전 화 02) 3012-1030
팩 스 02) 3012-1031
전자우편 dohwa1030@daum.net
인 쇄 유진보라

ISBN ǀ 979-11-92828-32-9 *03810
정가 15,000원

*이 책은 충청북도와 충북문화재단의 후원으로 예술창작활동
 지원사업 일환으로 발간되었음.

도화道化, fool는

고정적인 질서에 대한 익살맞은 비판자,
고정화된 사고의 틀을 해체한다는 뜻입니다.

단골

행복한 우동가게 다섯 번째 이야기

강순희 소설

도화

출근

이른 새벽
서른아홉의 여자가
두 켤레의 양말을 신고
두 벌의 내복을 껴입고
핫팩을 아랫배에 붙이고
실내 포장마차로 출근한다
밀가루 반죽에
눈발 같은 소금을 녹여
붉디붉은 가락국수를 빚는다

지독한 입김을 몰아낸다.

차례

단골

이상한 국숫집

밀가루가 날리는 밤
화장을 고친 여자도
사랑에 매 맞아 멍든 여자도
돈을 꾸어주고 못 받은 여자도
이상한 국숫집 난로 곁에 있어요
찌그러진 양푼 속에
물이 끓고 있어요
주전자 뚜껑도 함께 끓어요
흩어져서 서러운 밀가루 반죽을 하며
더 이상 낮아져선 안된다고
부글부글 속을 끓이며
손님들이 마시다 만 막걸리잔을
비우고 있어요

주인.
바위 포장마차

　설을 쇠고 눈이 얼어붙은 시인의 공원을 조심스레 걸
어본다. 사람의 발자국이 눈 위에 덩그러니 앉아 있다.
누군가 숫눈길을 밟아 걸어가는 모습이다. 방역 수칙을
허리에 띠처럼 달고 있는 느티나무가 밝은 햇살을 맞고
있다. 아직은 쌀쌀하지만 봄 내음을 품은 바람이 움츠렸
던 어깨를 펴라며 툭 친다. 빨리 봄을 앞당기고 싶은 성
급한 마음이다. 이제 살맛이 나는 세상으로 이어지지 않
을까.
　"연희 아줌마 복 많이 받으세요. 우리 이제부터 더욱
더 행복 합시다."
　바위 아줌마가 느티나무처럼 믿음직스러운 모습으로

공원 안으로 들어온다.

"바위 아줌마도 복 많이 받으시고 건강하세요."

연수동 길거리에서 바위 포장마차를 하는 아줌마는 싱글벙글 웃으시며,

"사람들이 나에게 떡볶이와 튀김 포장마차 장사를 길거리에서 하고 있어서 고생이 많다는 이야기를 많이 해요. 건강을 위해서 이제 그만두고 쉬라고 하는데 나는 그 말이 제일 싫어요. 내가 무슨 고생을 해요. 날마다 신나게 떡볶이 장사를 할 뿐이지요. 아이들에게 내가 담근 고추장에 쌀 떡볶이를 만들어서 정직하게 팔고 있는데요. 그 녀석들이 얼마나 예쁜 짓을 하는지 알아요? 엊그제 설날인데도 문을 열었어요. 사람들은 무슨 청승으로 명절날 문을 여느냐는 소리를 하지만 연희씨는 이해할 거예요. 30여 년 전에 초등학교에 다녔던 아이들이 어른이 되어 명절에 고향을 방문하면서 떡볶이 먹었던 추억 때문에 나를 찾아와요. 그 아이들을 볼 때면 마치 학교 선생님들에게 제자가 찾아오는 것처럼 반갑고 흐뭇하지요. 엊그제 우리 집에서 자주 떡볶이를 먹었던 석이라는

아이가 왔어요. 그 시절에 엄마가 늦게까지 식당 일을 하러 다녀서 저녁을 우리 집에서 많이 먹었거든요. 그런데 그 아이가 자꾸만 다섯 개 먹으면서 네 개 먹었다고 거짓말을 하곤 했어요. 몇 번을 지적해 줄까 하다가 나도 중학교 시절까지 매점에서 도넛을 먹고 덜 먹었다는 거짓말을 한 기억에 그냥 넘어갔어요. 내친김에 연희씨에게 이런 고백 하나 더 할게요. 중학교 시절에 저축 부장을 맡고 있었던 미애라는 친구 책가방에서 돈이 보였어요. 삐죽 나오는 오천 원에 홀려서 나도 모르게 체육복을 갈아입고 운동장에 나가다가 그 돈을 쓱 빼서 호주머니에 넣었어요. 그 돈으로 내가 좋아하는 빵과 도넛, 고구마튀김을 사먹었어요. 그 뒷날 미애가 울고불고 난리가 났지요. 머리는 구불구불 파마해서 프랑스 배우를 닮았던 담임 선생님은 운동장에 맨 나중에 나간 사람이 누구냐는 질문을 했어요. 당연히 내가 지목되었지요. 그런데 나는 학교에서 타의 모범이 되어 선행상을 받은 학생이었거든요. 아무도 나를 의심할 수가 없었지요. 그런데 선생님이 내일 아침까지 양심고백을 하는 편지를 써서 선생님 책상 위에 올려놓으면 모든 잘못을 덮고 넘어갈 거라는 말을 진심으로 했지요. 그렇지 않을 경우 영원한 도둑이 될 것이라는 말을 힘있게 했어요. 그런데 이미 돈은 써버렸고 나를 본 사람도 없으니 그냥 태연하게 있었어요. 선생님은 더 이상 말하지 않았어요. 아! 그때는 정말 도둑이 되었다는 죄책감을 가슴에 담았지요. 그리고 아무렇지 않게 그 선생님의 교육방식을 고마워하며 살았답니다. 영원한 도둑이 되지 않기 위해 단 한 번도 양심을 속인 거짓말이나 훔치는 행위를 하지 않았어요. 그때 담임 선생님이 내가 범인이라는 것을 알았을 것 같아요. 그런 나를 봐주는 것은 눈물나게 고맙지만 가슴 아프지요. 체육시간에 제일 늦게 나간 나를 다그쳤다면 나는 고백했을 것입니다. 그렇다면 도둑이 되어 그 학교를 온전하게 다니지 못했을 것 같아요. 그런데 아이들 상대로 포장마차를 하면서 그 시절의 어린 나를 만나곤하지요. 그때 너그럽게 넘어간 우리 학교 담임 선생님 교육 방식을 생각하며 오히려 튀김 하나라도 더 주었지요. 엊그제 그 시절 그렇게 거짓말하며 튀김을 먹어대던 석이가 나에게 양심고백을 하며 열심히 공부해서 변호사가 되었다면서 오만 원짜리 두 장을 놓고 가더라고요. 죄송하고 고맙다며 몇 번을 고개를 숙이는 거예요. 이런 귀여운 추억을 소환하려 아이들이 나를 찾아 오기에 명절에도 문을 닫지 못하지요. 연희씨는 내 마음을 이해할 것 같아서 너스레를 떨었네요. 이상하게 마음이 홀가분해지네요. 오랫동안 묵었던 체증이 뚫리는 느낌이에요. 오늘이 입춘이라서 시인의 공원으로 좋은 기운 받으러 출근길에 왔다가 이곳 터줏대감인 연희씨에게 내 마음을 털어놓고 갑니다.

아무쪼록 우리 아프지 말고 건강하게 오래오래 장사합시다. 코로나 시절이라서 우리 포장마차도 손님이 많이 오지 않아요. 아이들이 비대면으로 공부해서 고사리 같은 손으로 떡볶이, 튀김을 집어 맞나게 먹던 것이 팍 줄었지요. 그러나 우리들에게는 단골손님이 있잖아요. 돈으로도 살 수 없는 우리 인생의 보배, 단골손님들을 위해 문 닫지 말고 열심히 합시다. 사람들이 고생한다는 소리를 하면 이렇게 대들지요. 누구는 고생 안 하나요.

나는 내가 좋아서 하는 일이에요. 행복하게 일해요. 고생한다거나 수고한다는 말보다 행복하세요, 이렇게 말해 주세요."

언제봐도 신이 나는 바위 아줌마는 얼굴을 약간 붉히며 웃는다.

"바위 아줌마, 머지 않아 꽃 피고 새가 우는 봄이 올 거예요. 우리 마음속에 오래 묵은 일기장을 간직한 단골 손님과 행복합시다."

서른이 넘은 아들에게서 바위 아주머니 이야기를 전해 들었다. 아들 초등학교 다닐 때 남편 사업이 망해서 고생하던 시절이 있었다. 아들도 바위네 포장마차에서 떡볶이와 튀김을 자주 사먹고 친구들과 아줌마를 속였다고한다. 아줌마가 아는 눈치였지만 그냥 슬쩍 넘어가 주어서 항상 마음에 남아있었다고 말했다. 그래서 지난 여름 친구들과 바위네 포장마차에 커다란 수박 한 덩어리를 사다 드리고 고백을 했다고 한다. 바위 아줌마는 옛날처럼 너그럽고 부드럽게 웃으시며 튀김을 배불리 먹고 가라고 덤으로 더 주셨다. 우리가 넓은 평수 아파트에서 쫓겨나 바위네 포장마차 바로 앞, 서민아파트로 이사해서 아이들이 고생을 하며 살 때였다. 그 시절에 나는 바위 아줌마가 참 부러웠다. 작은 포장마차에서 환하게 웃으며 행복한 표정으로 장사를 하는 모습이 내 롤모델이 되었다. 가게에 십자가와 성모님을 모셔놓고 오고 가는 사람을 보며 함박웃음을 날리는 그 모습이 수녀님 같아서 잊을 수가 없다. 바위 아줌마 바로 옆 난전에서 채소를 팔던 안나 형님께 나도 저런 가게를 하면 안 되겠느냐고 졸랐다. 그래서 안나 형님이 바위 아줌마에게 은근슬쩍 말을 했는데 웃으시면서 이런 일은 젊은 새댁과 어울리지 않는다면서 고개를 흔들었다.

그래도 바위 아줌마가 하는 포장마차를 나에게 넘겨주면 얼마나 좋을까 하는 희망이 있었다. 우리 아들이 그곳에서 양심을 속이면서 떡볶이와 튀김을 먹은 줄도 모르고. 그때 어렸던 아들은 커서 돈 많이 벌어 쫓겨난 넓은 평수의 아파트를 다시 사줄 때를 기다리라고 했었다. 이렇게 오랜 세월 동안 바위 아줌마가 떡볶이를 만들고 튀김을 튀기며 단골손님을 만들어 놓고 기다릴 줄은 몰랐다. 아줌마가 하는 정직한 먹거리로 장사를 하는 것을 보고 배웠다. 그 후로 가격은 싸지만 우리 아이들이 먹을 수 있는 신선한 재료로 음식을 만들어서 장사하리라는 마음을 갖게 되었다. 바위 아줌마를 본보기로 나 또한 가락국수 단골집을 만들어 오래 장사를 하고 있다.

눈부시게 밝은 햇살이 느티나무 가지로 쏟아져 내린다. 춥지만 떨지 않을 것이고 겁나지만 기죽지 않은 바위 아줌마와 나의 가슴에 이미 봄을 심고 있다. 아무도 밟지 않은 얼어붙은 눈길을 녹이며 따뜻하고 환한 봄길을 따라간다. 멀지 않아 우린 온 세상을 뒤흔드는 검은 바람을 훌훌 날려 보내고, 나의 단골손님들은 이곳으로 가볍고 유쾌한 웃음을 날리며 달려올 것이다.

예약석

문득
시인의 공원에 나왔더니
먼 길을 헐떡이며
달려온 함박눈이
먼저와 앉아 있다

손님·
헐렁한 영혼이 흔들린다

주인아줌마에게 문학과지성사에서 나오는 시집 한 묶음을 가져다주었다. 주인아줌마는 지적 사치심이 있는 편이라서 좋은 출판사에서 나오는 시인들을 우상으로 여기듯 열심히 들여다보며 흠모한다. 이 집에 오면 집에 가기 싫어진다. 어머니랑 달랑 둘이 있는 방에 들어가면 숨이 막힌다. 충주 고등학교를 나왔고 서울에 내놓으라 하는 명문 대학을 나왔지만 지금 내 처지는 이렇다 할 자리를 잡지 못하고 흔들린다. 친구들은 모두 사회에서 인정받은 직업을 갖고 사는데 문학과지성사에서 나오는 시만 읽다가 내 갈 길을 잃어버리고 이 집에 와서 아줌마가 주는 뜨거운 가락국수에 정종 한 잔을 마시며 시름을 달래고 있다. 살다 보면 이런 상황도 된다고 하지만 여기 아줌마가 우리 집 속사정을 너무 잘 알고 있어서 자존심이 상한다. 여동생은 자전거를 타고 다니면서 국숫집에 와서 아줌마랑 이야기를 길게 한다. 여동생이 아줌마 입으라며 패딩 조끼를 사다 준 적이 있다. 아줌마와 친한 여동생은 날마다 남편과 싸운다. 시장 안에서 자전거포를 하는 여동생의 남편은 나를 보며 여동생이 정신이 나갔다며 정신을 꼭 잡고 살라는 말을 전해달라고 한다. 여동생은 속이 답답하다며 남편이 주무른 고물 자전거를 타고 왜 이 집에 드나드는 것일까. 자전거에 늘 푸성귀며 자반고등어 방석 같은 시장 물건을 사다 나른다. 소설가가 되고 싶다던 여동생은 자신의 꿈을 찾으려고 이 집을 드나드는지 모른다. 시장에서 나오는 비싼 물건을 사다 나르며 주인아줌마와 무슨 이야기를 하는 것일까. 여동생은 어려서 마을에 있는 맑은 샘가에서 봄처녀 노래를 부르며 나비처럼 춤을 추고 늘 책을 옆구리에 끼고 다녔다. 그때는 백목련처럼 청아하고 순수했는데 언젠가부터 자전거를 타고 충주 시내를 돌아다니면서부터 남편과 불화가 생겼다. 이제 그만 이상한 국숫집에 홀려 다니지 말았으면 좋겠는데 나는 이 집 아줌마에게 여동생을 오지 말게 해달라는 말을 할 수가 없다. 왜냐면 내가 이렇게 영혼이 헐렁헐렁해 보이는데 자존심이 상해서 말할 수 없다.

그것 뿐인가. 나의 형은 충주에 있는 고등학교 국어 교사로 이십 년을 근무하며 시집을 다섯 권이나 낸 시인이다. 그런데 형은 밤이면 이 집에 와서 큰소리를 치면서 막걸리를 마시기 시작했다. 문학과지성사에서 시집을 낼 수 없는 실력이라서 이름없는 출판사에서 시집을 낼 때마다 형수와 싸웠다. 월급 받아서 맨날 국숫집에 앉아 홍어무침에 막걸리를 마시며 시 이야기로 밤을 새운다. 그리고 가끔 시집을 낸다. 생활비를 갖다주지 않고 몇몇 시인들과 국숫집 막걸릿값, 시집 내는 값으로 월급을 다 쓰는 바람에 형수와의 불화는 그칠 줄 모른다. 형은 술을 먹으면 눈동자가 불타는 듯하다. 작은 골방에서 나랑 사는 어머니는 형이 어려서부터 천재였다는 말을 한다. 시와 소설 중에 안 읽은 책이 없다며 우리나라에서 노벨문학상을 꼭 탈 거라는 형의 말을 어머니는 지금도 믿고 있다. 언제부터인가 형수는 조카 둘과 분가해서 살고 있다. 명절이면 조카와 형수가 우리가 사는 작은 골방으로 와서 아버지 차례를 지내고 간다. 형수 얼굴에는 웃음이 사라지고 기운이 없다. 어머니는 그것을 모르고 형수가 싹싹하지 않다며 은근히 불만을 표현한다. 국숫집에 오래 다니는 형이 사고를 쳤다. 얼마 전에 시인의 공원에서 이 세상에 더럽고 지저분한 쓰레기를 없애야 한다면서 불을 질렀다. 국숫집아줌마는 그 사실을 모르는 채 국수를 끓이고 있었다. 불길이 불타는 닭발 집으로 번져서 경찰이 와서 형을 방화범으로 현장에서 체포해 갔다. 이 기가 막힌 사실을 뒤늦게 안 국숫집아줌마는 허둥지둥 불타는 닭발 집에서 합의서를 받아내어 국숫집에 드나드는 오 변호사와 함께 구명 운동에 나섰지만, 우리 형은 보호 감호소에 수용되었다.

국숫집아줌마가 보호자처럼 형수를 수소문해서 국숫집에 불렀지만, 형수는 이 집 벽에 오래 붙어 있는 낙서 종이처럼 힘이라는 힘이 다 빠져 버려서 서로 아무 말도

23

못 하고 돌아서 갔다. 국숫집아줌마가 영치금을 내주고 변호사와 함께 구명 운동을 벌였는데 초범인 우리 형은 이십 년 공직생활의 자격을 모두 박탈당하고 말았다. 진작 우리 형을 국숫집에 오지 말라 할 것을, 왜 그렇게 오랜 세월 국숫집아줌마는 술과 홍어 무침을 팔아먹었을까. 이제 나는 우리 삼 남매 이야기를 털어놨지만 우리 삼 남매가 이 집에 흘러서 다닐 집이 못 된다고 이야기한 것이다. 기침이 나오고 숨이 막힌다. 헐렁한 내 영혼이 흔들린다. 뿌리 깊은 느티나무가 되고 싶다. 방역 수칙만 나부끼는 시인의 공원 늘 앉아 있던 의자에서 찬 바람만 분다.

목격자

겨울비가 흩뿌리다가 남긴 음식물 쓰레기를
종량제 봉투에 담아 들고 나가는데
찬비가 뺨을 적신다
길 건너 현대 요양병원에서
기다란 관에 하얀 봉투가 담겨 나온다.
세 마디로 묶인 봉투를 도열해
검은 사람들이 검은 차로 들어간다.
가깝지만 먼 거리에 서서
흩뿌리다 남은 겨울비를 맞으며
종량제 봉투에 실려 한 사람의 생애를
음식물 쓰레기처럼 작별한다
가는 사람을 위해 울어주는 겨울비
손에 들려 있는 종량제 봉투가
천금처럼 무겁다.

주인.
흰나비의 꿈

"주인아줌마 영동이가 죽었어요. 오늘 장사를 치르고 오는 거예요. 영동이가 이 집을 엄청 많이 좋아했기 때문에 이곳에 와서 우리 친구들이 술을 먹으며 영동의 죽음을 추모하기로 했어요."

세상에 이런 일이 일어날 수 있을까. 며칠 전에 영동은 우리 집에 와서 힘이 다 빠진 모습으로 앉아 있었다. 혼이 나간 사람처럼 허깨비가 앉아 있는 느낌이 왔다. 구석진 자리에 앉아 있는 영동은 몇 권의 시집을 나에게 주었다. 이 집에 자신의 소중한 책을 기증하고 싶다고 말했다. 멀리 떠나려 하는 것일까? 젊은 총각이 정신 줄만 잘 잡고 있으면 일이야 얼마든지 할 수 있을 것으로 생각했다. 영동은 여행사를 운영하는 사장으로 알고 있다. 전 세계적으로 힘들었던 코로나 시절을 버티고 버티다가 결국 문을 닫았다. 이 세상 두루두루 돌아다니며 여행가로 살아가고 싶었던 영동은 어느 날부터 얼굴에 검은빛이 돌기 시작했다. 몸이 약해 보이는 그는 늘 정종을 마셨다. 막걸리보다 비싼 정종 값을 생각해서 그가 책을 들고 오면 꼭 그 대가인 척하면서 술을 공짜로 주곤 했다. 그날 밤 아홉 시에 문을 닫은 후 영동과 앉아서 커피를 한 잔 마셨다.

"아줌마는 나이가 드시는데 어디서 그런 열정이 나세요. 가게 안에서 펄펄 날아다니는 새 같아요. 아줌마 그렇게 열중하는 모습이 부럽네요. 어디에서 그런 초인간적인 힘이 나는지요."

"그것은요. 내가 좋아하는 일을 해서 그러나 봐요. 나는 이곳에 오면 힘이 나요. 시금치를 먹으면 힘이 난다는 뽀빠이처럼요. 어려서부터 문학을 좋아했거든요. 돈을 한 가방 가질래, 좋은 책을 한 권 쓸래 누가 묻는다면 나는 대뜸 영혼의 양식이 되는 좋은 책을 꼭 한 번 쓰고 싶어요. 한 번 보고 불쏘시개나 쓰레기통으로 들어가는 책 말고요. 화장실에서도 이 세상에서도 한 번쯤 펴 보고 싶은 그런 사람 맛이 나는 책을 한 번 쓰고 싶었답니다. 그런데 그런 책을 아직도 못 쓰고 있어요. 아침에 출근하면서 내가 이 가게에 단골손님이라는 생각을 해요. 그럴 때는 오늘의 일기가 꼭 소설 한 페이지처럼 느껴져요. 하루하루 사람 사는 이야기가 모이면 사람 맛이 나는 소설이 되지 않을까, 이런 엉뚱한 꿈을 꾸고 살고 있답니다. 영동씨랑 앉아서 커피 한 잔 마시는 이 시간의 감정을 어떻게 녹일 수 있을까요. 영동씨의 마음을 내가 어떻게 쓸 수 있어요. 그렇게 소중하고 귀한 당신의 오늘을 내가 베껴 쓸 수 없는 것이랍니다. 그래서 늘 내 삶과 타인의 삶을 대변할 수 없어서 안타까워요. 그런 날은 내 작은 방에 들어가 고민하다 밤을 지새우기도 하지요. 영동씨 우리는 아직 아무것도 시작하지 않았어요. 우리가 가지고 있는 꿈을 이루기 위해 가고 있을 뿐이에요. 영동씨도 나도 언젠가는 이루고자 하는 꿈을 향하여 시작할 것이에요. 지금 우리는 준비 운동을 하고 있어요. 영동씨가 하고 싶은 일이 생길거에요. 그때까지 문학과지성사에서 나오는 저 시집들을 이곳에 와서 나랑 읽어요. 나는 영동씨의 마음이 문학과지성사에서 나오는 수준 있는 시라는 것을 눈치 챘어요. 우리 함께 가요. 오늘은 밤이 깊었으니 돌아가요. 어머니가 있는 곳으로요."

영동의 얼굴에 희미한 빛이 드러나고 있었다. 가게 문을 닫고 나와 같은 방향인 집을 향하여 둘이 터벅터벅 걸었다. 내심 무슨 희망적인 이야기를 영동에게 마구 해주고 싶었다. 우리 집에 붙어있는 밉지 않은 아줌마의 상술 때문이란 시를 영동에게 읊어주었다. 가방에서 삼만 원을 꺼내서 그의 호주머니 속에 넣어주면서 어머니랑 삼겹살을 사서 먹고 힘내라는 말을 하며 우리 집을 향해 빠른 걸음으로 돌아섰다. 그깟 돈으로 무슨 선심이라도 쓴 것처럼. 그때는 그러고 싶었다. 하늘의 달이 영동을 따라갔다. 영동은 다시 해를 안고 국숫집에 올 줄 알았다.

친구들은 영동이 좋아했던 정종과 국수를 먹으면서 자전거를 타고 다닌 여동생이며, 시인의 공원에 불을 낸

형 이야기를 한다. 모두가 인연이었다. 이렇게 세 사람
이 나에게 이어져 있는 줄을 정말 몰랐다. 영동의 삶이
얼마나 버거웠던지 겉모습만 보며 추측할 뿐이었다. 찬
찬히 들여다 보지 않으면 그가 우울증에 시달려서 서민
아파트 고층에서 스스로 나비처럼 날아가 버렸다는 말
을 함부로 할 수 없을 것이다. 자전거를 타고 다닌 여동
생은 나타나지 않았다. 신기루처럼 안갯속을 뚫고 우리
집을 다니던 자전거 타는 여인, 불을 내고 보호 감호소에
들어가 있는 시인, 그들은 오빠와 남동생인 영동이가 하
얀 나비가 되어 훨훨 날아갔다는 사실을 몰랐으면 좋겠
다. 이 글을 쓰면서 그들에게 내가 뭔가 많이 잘못한 느
낌이 든다. 이렇게 쉽게 세 사람을 만났다는 것이 어떤
의미였을까. 속물적인 마음으로 다시는 세 사람을 만나
고 싶지 않다. 가슴이 아프니까.

손님.
수녀로 살았다

하느님과 결혼한 사람이다. 하느님과 결혼할 수도 있고, 이혼할 수도 있다. 또 재혼할 수 있다. 바람보다 더 가벼운 삶을 살고 싶었다. 일을 하되 돈과 상관 없고 사랑은 하되 보상을 바라지 않는, 어느 곳에 서 있어도 나를 몰라줘도 섭섭하지 않고, 힘없고 빽없어도 쪽팔리지 않은 그런 여자가 되고 싶었다. 오랜 시간을 수녀원에서 살았다. 그 안에서의 민첩하고 성스러운 생활을 모두 나열할 수는 없다. 그렇다고 슬프고 힘들었고 고통스러웠던 일들을 이야기하고 싶지도 않다. 인간사는 살아보니 다 거룩하고 위대한 것이다. 그 안에 들어있는 희로애락은 신이 아닌 인간이 당연히 함께 견디고 즐기는 몫이다. 그냥 잊어버리려 해도 머리를 흔들 때마다 가끔 생선가시처럼 나를 찌르는 무언가가 있다. 보고픔이나 그리움의 표현이 너무 과할지 모르나, 이 친구는 그 시절부터 내 마음에 집을 하나 지어놓고 강진을 떠나 충청도로 시집가서 산다. 연희의 손을 잡는다. 시인의 공원 안에 느티나무 잎이 흔들린다. 넓적하고 까칠한 연희 손을 보면 그동안 어떻게 살아왔느냐 차마 물어볼 수가 없다. 머리를 질끈 묶고 들꽃이 수놓은 앞치마를 입었다. 물이 촉촉이 앞치마 속에서 배어나와 들꽃에 물을 주고 있는 모습이다. 연희의 손을 잡고 강진 진밭뜰을 걸으며 밤하늘에 무수히 떠있는 별을 바라보듯, 이곳 시인의 공원에서 수많은 별이 느티나무 이파리가 되어 흔들린다. 그 순간 나는 그녀가 좋아하는 아베마리아라는 노래를 부르기 시작했다. 연희는 물기 어린 눈으로 별이 달려있는 느티나무 잎을 바라보며 입을 작게 벌리며 따라 부른다. 누구에게나 소녀시절의 꿈이 있었듯이 나는 귀엽고 사랑스러운 꽃수녀가 되기를 바랐고, 연희는 긴 머리 나풀대며 잘록한 허리를 코스모스처럼 흔들며 시인이 되기를 꿈꾸었다. 꿈은 이루어진다는 말이 있지만 살아보니까 그 꿈을 꾸는 순간 모두 이루어진 거나 마찬가지이다. 꼭 수녀원에 들어가야 수녀로 사는 것이 아니라는 것을 깨닫는 데 많은 세월이 지났다. 밖에서 고운 햇살과 사람들과 어울려 귀엽고 사랑스러운 수녀로 살아가기를 원했는데, 나는 침묵과 인내 그리고 민첩함과 성스러움이 가득한 봉쇄수녀원에서 생활하게 되었다. 그 안에 불어온 바람은 아무리 날카롭거나 매서워도 온화하고 따뜻한 바람으로 순화되어 어둠과 밝음의 순간을 녹였다. 그 안에서, 밖에서 살아가는 사람들을 위해 기도하는 것, 그것이 어디에도 비길 수 없는 사랑의 본질이라는 것을 알았다. 수녀원 생활을 하는 동안 내 머리에 영혼의 생선가시처럼 연희가 나를 아프게 했다. 세상의 인연에서 벗어나 초월적인 사랑을 해야 한다는 것을 알아도 강진, 그리고 성요셉 중학교 시절 성모님 앞에서 네잎크로바를 찾으며 놀았던 순간은 잊히지 않았다. 그래서 늘 그녀를 위해 기도했다. 그녀의 손을 잡고 그녀가 살고 있는 집으로 들어간다. 너덜너덜한 종이들이 각자

삶의 소리를 적어 빨랫줄처럼 널려있다. 사람들이 벗어
놓고 간 땀과 눈물과 웃음이 묻은 옷들을 빨아 널어놓았
다. 순간 마음이 왈칵 쏟아진다.

주인.
아베마리아

마리아가 가게 안으로 들어온 후 가게 안이 차분해졌
다. 제아무리 꽃 원피스를 입고 굵은 파마를 했다 해도
수녀로 평생을 살아온 그녀에게 어찌 수녀의 향기가 나
지 않겠는가. 그녀는 우리 가게 안에 질퍽하게 써 붙인
사람 사는 냄새가 나는 글을 보며 신비스러워했다. 아직
세상의 때가 묻지 않았다고 해야하나, 아니면 아직도 소
녀라 해야하나. 그녀는 가게 안에 있는 낡은 풍금을 치
며 아베마리아를 다시 부른다. 낙서 종이들이 환풍기 바
람에 맞추어 덩실덩실 춤을 춘다. 그 시절에 마리아와
내가 다녔던 강진 성요셉 여중에서는 쉬는 시간이면 수
녀님들과 선생님들이 운동장에 나와 '베사메무쵸'라는

음악에 맞추어 춤을 추었다. 손에 손을 잡고 넓은 운동장을 돌며 너울너울 춤을 출 때 불었던 바람은 차거나 어색하지 않았다. 그냥 나비처럼 가볍게 가슴 안으로 들어왔다. 지금 마리아가 수녀복을 벗고 우리 가게 안으로 들어와 노래를 부른다. 살포시 안겨온 그 시절의 바람처럼 햇살처럼 따뜻하다. 마리아가 가게 안으로 들어와 가락국수를 먹었다.

"연희! 너 어쩜 이렇게 맛나는 국수를 끓이니. 네가 국수 끓인다는 소식을 듣고 네가 어떻게 식당을 할까. 네가 끓여준 국수를 누가 먹을까 궁금했어. 나는 네가 음식과 어울린다는 생각을 한 번도 해본 적이 없거든. 코스모스처럼 가냘프게 가을바람에 흔들거리고 머리가 길어서 나부끼고 한번 웃음이 나오면 참지 못하고 웃어대는 네가 이렇게 착실하게 식당을 하며 살지 몰랐다. 선무당이 사람 잡는다는 말이 딱 맞는 말이야. 이 국수가 나를 사로잡고 있어. 나뿐만 아니라 오래 이 집에 다닌 손님들까지 사로잡았겠지. 너도 어쩔 수 없는 전라도 가시내여. 그러니까 이렇게 깊은 맛을 낼 수 있지 않을까."

"궁하면 통한다는 말이 있듯이 나를 그렇게 생각한 사람들이 많았어. 우리 언니도 그랬고. 고등학교 때 절친인 친구도 식당업을 하면 망한다며 극구 말렸거든. 그런데 풀풀 날리는 밀가루가 반죽이 되고 국수발이 되어 간간한 국물과 어울리는 가락국수 한 그릇을 손님들에게 대접할 수 있다는 마음이 나에게 소중했어. 그리고 내 자신의 능력이 스스로 기특했어. 내가 쫄면과 김치볶음밥, 홍어회도 무칠 수 있다는 자신감에 오래 할 수 있었어. 처음에는 자식들을 먹여 살리기 위해 시작했지만 일용할 양식의 댓가만 원했어. 돈과 상관없는 장사를 하고 싶었다는 기도를 하느님께서 들어주신 거야.

얼마를 팔았는지 얼마가 남았는지 그 셈을 하지 않았어. 오랜 시간 물리지 않고 이 일을 할 수 있었던 힘이야. 그런데 전 세계적으로 몹쓸 감염병이 휩쓴 후, 이제는 하루 매상을 셈하게 된 거야. 이런 계산적인 삶을 원하지 않았는데……"

마리아는 주방으로 들어와 중국아줌마가 코로나 감염병이 무섭고, 손님이 없다며 벗어 놓고 간 앞치마를 입었다. 이제 자유인으로 사는 몸이니 우리 집에 써 붙인 단골손님들의 이야기를 찬찬히 읽어보고 싶다는 말을 했다. 그녀는 앞치마가가 잘 어울린 수녀로 우리 가게에서 내가 잃은 웃음을 찾아 주고 있다.

중국아줌마가 없는 자리에 마리아가 서서 밀반죽과 설거지를 하며 가락국수를 끓인다. 오후 브레이크 타임에 사람들이 몰려온다.

거리의 공연을 해서 어려운 이웃을 돕는 노래하는 시인과 합세하여 마리아는 앞치마를 입고 아베마리아를 높고 깊게 부른다. 이곳 사람들에게 말하지 않았는데도 사람들은 그녀를 꽃 수녀라 부른다.

손님.
기가 막힌 그립

그때 덜 닫힌 문틈으로 몰아치던 눈발
우리가 부르던 그 노래는 어디서 들리는 건가
그 자리에 있던 사람들은 눈발 따라
어디로 가버렸는가
세상에 못다할 말 다 뱉어놓고
간간한 국수 국물로 위로받으며
막걸리를 마시던 시절
아직도 난로 안에서 장작은 뜨겁게 애간장을 태우는
데…….

혹시 그 집이 사라지고 없을 것 같은 생각이 들어 불

현듯 단골가게를 찾아왔다.

주인 여자는 가을바람에 나풀대던 느티나무잎 같은 긴 치마를 입었다.

키가 큰 여자는 느티나무가 되어 성큼성큼 걸어 다닌다. 내가 그 치맛자락을 따라다니다가 이곳에서 멈춘 느낌이다. 얼마나 많은 세월 이 집을 들락거리며 국수와 김밥과 홍어무침과 막걸리를 마셨던가. 짜릿했던 그 시절이 이 여자의 치마폭에서 나풀댄다.

"오랜만이네요."

여자는 마스크를 쓰고 눈을 깜박이며 인사를 한다.

"아직도 나를 알아봐 주시는 거예요? 이 집을 잊지 못해서 이렇게 찾아왔지만 아줌마가 나를 못 알아보면 어떻게 하나 은근히 걱정했답니다."

"무슨 말씀을요. 그 시절에 늘 점잖은 모습으로 들어오셔서 돌냄비 국수를 드시곤 했지요"

"그러면 아줌마는 수줍은 미소를 지으시며 배고플까 봐 유부초밥 몇 개를 더 얹어 주시곤 했지요"

삶의 한 언저리에서 그냥 드나들던 이름 없는 국숫집

이 서울에서 살면서 줄곧 생각이 났다. 간간한 가락국수 냄새가 배어 있던 작은 실내 포장마차. 그 집은 늘 어두컴컴했다. 지저분하면서 정감이 갔고 시끄러우면서 편안했다. 무엇에 이끌렸는지 친구들과 몰려다니며 술을 마신 후 발걸음은 그 집 앞에 머물렀다. 사업한다는 이유로 연수동 먹자골목을 헤매며 일차로 고급 음식을 먹고 이차로 노래방을 갔다. 삼차로 국숫집에 와서 술과 담배로 절여진 속을 시원하고 얼큰한 국수 국물로 달랜다. 이렇게 허구한 날 밤, 연수동 시인의 공원을 헤맸다. 아내는 이런 나를 은근히 못마땅해 하면서 국숫집이라는 말에 밤거리를 헤매는 나를 건전한 쪽으로 이해하려했다. 술이 있는 노래방에서 도우미 아가씨랑 술을 먹고 노래를 부르며 유흥을 즐긴 것은 사실이다. 그러고 나면 어딘지 모르게 허망한 바람이 불어왔다. 터벅터벅 발걸음 따라 그 집에 가면 몸으로 힘들게 일하는 주인여자와 그곳에서 국수를 먹고 있는 사람들을 많이 만날 수 있어서 지난 시간이 부끄럽지 않고 마음이 편안해지곤 했다. 밤이 깊도록 나를 기다리는 아내에게 전화를 해서 국숫집에 있으니 안심하라는 말로 나의 잘못을 합리화시키곤 했다. 그 집은 술 먹고 마지막으로 피해갈 수 없는 집이었다. 힘든 사업이야기를 하지 않아도 마음이 풀리는 집이었다.

그 집에서 국수를 먹고 있던 중 갑자기 아내가 교통사고로 죽었다는 전화를 받았다. 마지막 면 몇 가락을 남겨 놓고 허겁지겁 실내 포장마차 문을 열고 나왔다.

곱고 고운 아내가 늘 우리 집에 있는 장롱처럼 그렇게 항상 내 곁에 묵묵히 있을 것이라 생각했다. 아내를 집에서 기다리게 하고 가스충전소를 하는 나는 어떻게 하면 매장을 하나 더 늘릴까, 비즈니스에 열을 올렸다. 대기업 등살에 중소기업이 살아남기가 힘든 시절이었다. 아내가 기다리는 집을 놔두고 거래처 사람들과 함께 이곳에서 술을 마시며 노래를 불렀다. 그것을 눈치채고 아내는 아니다 싶으면 멈추라는 말을 했지만 고장 난 브레이크를 잡고 나는 계속 위험한 질주를 하고 있었다. 아내는 이런 내 속내를 알아서 회사에 조금이라도 도움이 되려고 가스충전소 직원들 식사를 직접 해주느라 장을 봐 오다가 교통사고가 난 것이다. 옆에 늘 내 그림자로 살아온 아내는 마음 고생만 하다가 사고가 난 것이다.

다리가 후들거리고 눈앞이 깜깜했다.

공원 앞에 있는 그 집은 무겁게 아내의 무덤으로 들어가 버렸다.

충주에 다시는 오고 싶지 않은 세월이 길었다. 그러나 시간이 흐른 후 아내랑 살았던 고향이 그리웠다. 그 시절 함께 이 골목을 헤매던 사람들과 한 잔의 소주와 국수와 김밥을 먹었던 그 집이 생각났다. 많은 시간 속에 내 거짓 알리바이가 되었던 국숫집에 가고 싶었다.

시간이 흐르는 물처럼 순하게 흘러가기도 하지만 악마의 목구멍처럼 거칠게 잡아 삼키는 소리를 내기도 한다. 어떻게 살아왔냐고 묻지를 말라는 유행가 소리가 생각난다.

이 집 안으로 들어와 주인 여자를 본 순간 갑자기 쏟아지는 뜨거운 기운은 무엇일까. 남자답지 않게 한참을 귀퉁이 식탁에 멍하니 앉아 눈물을 삼킨다. 25년이 지난 세월 속에 주인 여자의 모습은 마스크를 끼고 있어서 많이 변하지 않았다. 지금 갑자기 쏟아지는 애환이나 아픔이 아닌데, 아내와 동갑인 주인 여자를 보면서 아내가 떠오른다. 술집 노래방을 배회하면서 아내를 은근히 속였던 철없었던 젊은 시절을 이 집에서 다시 뜨거운 국수 국물에 위로받고 싶다. 주인아줌마는 이런 내 사정을 알아줄까. 국수 먹다가 국숫값도 안 주고 허겁지겁 나갔던 나의 막힌 사연을.

주인.
남편을 찾습니다

가락국수 국물맛이 간간해지는 저녁에 가게 안으로 들어왔다 나가는 사람들이, 썰물이 몰려왔다 밀물로 밀려가는 듯했다. 어디서 무엇을 하다가 배가 고파서 우리 집으로 들어왔는지는 모른다. 한밤중에 우리 집으로 들어온 손님들이 때로는 도깨비처럼 느껴졌다. 사람들은 시인의 공원 느티나무 아래 차디찬 의자에 앉아 담배를 피우기도 하고 때론 말다툼을 벌이기도 했다. 조그마한 공원에서 불우한 이웃돕기를 한 우 시인의 라이브가 열리며, 맨발로 기타 치고 노래하는 시인을 보며 팬들이 생기는 듯했다. 느티나무가 잠을 자고 싶은데 가락국숫집 때문에 잠을 못 자고 몸살을 앓는다는 것을 알았다. 춤고 어두컴컴한 공원에 장작불을 지펴놓고 노래하는 시인의 속절없는 노랫가락에 취해 사람들이 엉거주춤하며 집에 못 들어가고 있다. 손님들의 얼굴이 가물거린다. 술을 한 잔도 안 먹었는데 졸리는 나를 보며 사람들이 취했다고 말했다. 그럴 때마다 알코올이 들어가지 않은 물을 술처럼 마시며 술 먹은 사람들을 흉내낼 수 있어서 얼마나 좋으냐, 돈 안 들고 몸 안 상하며 술 먹은 사람으로 산다는 것이 신기하고 재밌다는 궤변을 늘어놓기도 했다. 밤이 깊어 가는데 문을 열고 들어오는 여인이 있었다. 가스충전소 사장 사모님이었다. 배가 고파서 음식 먹으러 오는 것처럼 보이지 않는다.

맨날 무슨 생각에 사로잡힌 여인은 가끔 이곳에 허사장을 찾으러 오는 것일까. 푹 들어간 눈 까칠한 피부를 보며 그녀가 구겨 신고 온 구두처럼 마음이 혼란스러워 보였다. 여인은 나를 보며 늘 허사장이 이곳에 자주 오는지를 물었다. 그럴 때마다 나는 상황이 묘하다는 생각이 들어 눈 안에 잘 들어오지 않았던 허사장을 어떻게 말을 해주어야 할까, 순간 머리가 복잡해지면서 대답을 회

피하고 있었다. 바빠서 잘 모르겠다고 말하며 얼버무리기도 하고 화목난로에 땔감을 집어넣으며 딴청을 부리기도 했다. 중소기업을 운영하는 허사장은 일요일 낮에는 프린스호텔 사우나에 왔다가 가족과 함께 우리 집에 잘 왔었다. 그런데 밤에는 거래처 사람들과 비즈니스를 하는 것인지 아니면 본인이 좋아서 그렇게 많은 술을 먹는 것인지 모르지만 늦은 시간에 우리 집으로 지인들과 또 노래방 도우미로 보이는 아가씨들과 몰려다녔다. 이런 밤 풍경을 어떻게 남편을 찾아오는 여인에게 정직하게 말할 수 있을까. 여인이 무엇을 걱정하며 저렇게 말라 가는지 짐작이 갔다.

"국수아줌마도 사업을 했었다면서요 회사는 망해 가는데 이렇게 비즈니스 하느라 진땀을 빼야 하는지 모르겠어요. 회사 어려운 것 같아서 이제 접으라 했어요. 그 많은 재산을 글쎄 써 보지도 못하고, 회사를 지킨다는 이유 하나로 이렇게 모든 것이 말라 가고 있어요. 국수아줌마는 어떻게 그렇게 힘차게 일을 잘해요. 난 허약해서 회사 망하면 아마 정신병원에 가게 될 거에요. 날마다 돈 때문에 입이 마르고 가슴이 답답해요. 우리 남편이 얼마나 성실한 사람이었는데, 이 사업한다는 이유가 글쎄 고향인 음성에서 국회의원이 하고 싶어서래요. 음성을 살찌게 하는 멋진 국회의원이 되고 싶대요. 이런 허상을 안고 살아가는 남편이 원망스러워요. 내가 날마다 음성 회사에 가서 식당 일을 보느라 힘이 다 빠져요. 모르는 것이 약이라고 회사 돌아가는 것을 몰랐으면 좋겠어요. 밤이면 잠이 오지 않아요. 그런데 남편은 무너져 가는 회사를 끝까지 살린다면서 밤이슬 맞고 저렇게 돌아다녀요. 국수아줌마가 내 마음을 알아줄 것 같아서 이렇게 수다를 떠네요. 밤이면 남편 돌아올 때까지 연수동 시인의 공원을 헤매며 돌아다닌답니다. 공원에서 기타 치는 아저씨의 노래를 들으면 조금 마음이 편해지거든요. 이곳은 공원에 느티나무가 있어서 얼마나 다행이에요. 정말 요즈음 같으면 죽어버리고 싶어요. 남편의 옷에서 묻어나는 술과 여자 향수 냄새가 역겹고 지겨워요. 우리 남편이 이곳에 들어오면 집에 빨리 가라고 내쫓아 주세요. 술도 국수도 팔지 않는다며 성질을 내서 보내세요."

　여인의 입술에는 허연 거품이 부글거렸다. 안에서 나오는 화가 다행이라는 생각을 했다. 말을 하지 않아서 병이 되지 않는가. 저렇게 말을 쏟아부어서 여인은 앞으로 건강한 삶을 찾아 나설거라는 희망을 품었다. 모란이 그려진 우아한 머플러를 둘둘 말고 구두를 구겨 신고 연수동 시인의 공원 느티나무 아래에서 하늘 쳐다보며 얼마나 허망한 바람이 들어왔을까.

　시간이 지난 후 그 여인이 음성 공장 직원들 밥해주려고 장을 봐 공장으로 가다가 교통사고를 당했다는 소식이 들렸다. 시인의 공원 느티나무 아래서 그 여인을 생각하면 목이 멘다. 회사를 일으켜 세우겠다는 비즈니스를 한다며 어여쁜 아가씨들과 노래 부르며 술을 마시고 늦도록 국숫집에 와서 아내에게 안심할 만한 곳에 있으니 걱정말고 잠을 자라는 허사장이 미웠다. 내게 마음을 터놓고 간 여인을 잊을 수가 없다. 여인의 푸념을 들었지만 아무 말을 해줄 수 없었듯이 허사장에게도 아무 말을 할 수가 없다.

여심女心

답답한 날은
손 내밀어
빗줄기를 꺾어 본다

주인.
갑자기 들어 온 손

아침부터 밀반죽해서 가락국수를 뽑아 장사하느라 힘들어 점심시간 후 가게 안 쪽방에서 눈을 붙이는데 손님이 들어오는 소리가 들렸다. 감기는 눈꺼풀을 잠시 쉬어주는 느낌이지 단잠이 드는 것도 아니다. 남자 셋이 들어왔다는 생각이 들었다. 점심 손님이 지난 후 조용한 시간에 들어온 손님들은 조용하게 식사하고 간다. 나는 주방아줌마가 손님을 받기 때문에 안심하고 잠을 잘 수 있다. 머릿속에는 늘 찬 바람이 불어왔고 생각이 꼬리를 물고 늘어나 내가 뽑아낸 면처럼 부드럽기도 하고 엉키기도 한다. 먹고 살기 위해 식당을 여자 혼자 운영하기에는 보통 힘이 든 일이 아니다. 그렇지만 사람들의 웅

성거리는 소리와 부엌에 국수 삶는 불소리, 물소리가 어우러져서 조화를 이룬다. 함께 섞여서 소리를 내며 별별 이야기를 만들어 낸 것 같기도 하고 성질을 내는 듯했다. 조용한 시간을 갖고 차분하고 민첩한 행동을 하며 우아한 여자로 산다는 것은 생각도 못했다. 복잡하지만 가만히 바라볼 수 있다는 것이 나에게는 축복이다. 그런 여유를 가지게 된 것은 공원 앞에 있는 느티나무의 흔들거림 때문이다. 바람과 구름과 나무이파리가 함께 어울려 춤을 춘다. 가만히 공원에 앉아 있으면 마음이 편안해진다. 이런 시간을 갖는다는 것은 사치일지 모른다. 주어진 시간에 한 발은 땅바닥에 한 발은 허공 위에 띄워 놓고 사는 나만의 특허를 받고 있다. 바람이 불면 확 날아가 버릴 것 같은 가벼운 실내 포장마차에서 휴식을 가진 나에게 머리 숱이 하나도 없는 남자가 다가왔다. 누워서 보니 그 남자는 평소 아들과 딸, 부인과 함께 화목하게 와서 점잖게 국수와 돈가스를 먹고 가는 아버지며 남편이었다. 그런데 그날 친구들과 몰려온 남자는 낮술에 취해 벌건 얼굴로 내가 자고 있는 쪽방으로 와서 갑자기 덮고 있는 담요 밑으로 손을 쓰윽 집어 넣었다. 순간 그 남자는 뱀머리를 하고 독을 품은 독사가 되어 혓바닥을 날름거렸다.

저항할 시간 없이 치마 밑으로 남자의 손이 들어온 것이다. 큰 고함 소리를 내며 벌떡 일어나 앉았다.

"아니 뭘 하는 거예요."

나보다 먼저 주방아줌마가 소리를 질렀다.

"주인언니, 경찰에 신고 해야돼요. 저 인간이 어디서 파렴치한 행동을 언니에게 해요."

주방아줌마와 나는 순간적으로 느티나무 밑으로 뛰어나왔다. 그 남자들은 사라졌다. 시간이 지날수록 그 개기름이 능글맞게 흐르는 남자를 생각하면 소름이 돋는다. 속상하고 억울해서 지금 미투로 고발한다. 그 시절에는 힘이 약해서 욕 한 번 못해보았지만, 그 남자가 그날의 추행을 아무렇지 않게 여기고 유유히 시인의 공원을 지나가는 것을 보면 가만두지 않으리라.

손님,
겨울비가 되었습니다

오랜만에 왔습니다.

가락국수 단골집.

추녀 끝에 매달려 있는 고드름 속으로 들어섰습니다.

아직도 그녀의 도도한 관찰 속에 내가 남아 있는지요.

그래도 상관없습니다.

이제는 내가 그녀를 관찰하고 싶습니다.

겨울비 주춤주춤 오는 저녁에

나도 가만가만 술잔을 들며 그녀의 젊은 시절을 추억

하면서

우리의 젊은 시절을 데리고 옵니다.

웃음이 많았으나 표정은 쓸쓸했고

말은 정다웠으나 목소리는 차가웠던

그 옛날 국숫집을 떠올려 봅니다.

잠시 비는 그쳤으나 술이 남아 어쩔 수 없이 더 마십

니다.

어둠이 깊어가는 시인의 공원

술꾼들의 우울을 술잔에 담고 보니

국숫집 여자는 어느새 가을비 되어 내리고 있습니다.

시인의 공원 안에는 방역 수칙을 지키라는 플래카드
가 걸려있다. 사람의 소리가 잘 들리지 않는다. 우주 아
래 자연의 힘으로 이어지는 통로 하나가 있는 듯하다.
실내 포장마차도 감염병 때문에 타격을 맞았나보다. 낮
에 보면 가장 낮은 집이요, 밤에 보면 가장 높은 집으로
기억된다. 돈과 명예가 함께 있는 듯하지만 별로 필요
없는 듯하며, 밀가루 반죽처럼 버물버물 함께 공존할 뿐
이다. 이 집 여자는 내가 서른아홉 살 되던 해에 이곳에
서 만났다.

그해, 눈이 소리없이 펑펑 쏟아지는 밤이었다. 고등학교 국어 선생으로 살아가는 나는 시인으로만 살고 싶었다. 직장을 갖는다는 것이 나에게는 무거운 갑옷을 입고 살아가는 것과 같았다. 눈이 많이 오는 날 밤 우연히 가락국수 한 그릇에 속을 풀 생각으로 그 집에 들렀다. 그런데 허름한 부엌 안에서 달그락거리며 국수 끓이는 여자의 뒷모습이 어찌나 가슴을 두근거리게 하던지 술이 한꺼번에 깨버렸다. 그 여자가 돌아서서 긴치마를 입고 국수 그릇을 내 앞에 놓았을 때 그녀는 처음 본 사람이 아니었다. 분명 그곳에서 만났던 단 한 사람 내 가슴 안에 늘 집을 짓고 살았던 사람이었다.

말이 없는 그 여자는 슬그머니 국수 한 그릇을 내 앞에 놓고 급하게 걸어 부엌으로 갔다. 작은 부엌 안에서 그녀의 손놀림은 바빴다. 국수를 마는 모습은 어디선가 본 듯했다. 정종 한 잔을 시켰더니 금방 나에게 달려오듯 철철 넘치는 정종을 놓고 부엌으로 사라졌다. 그녀는 그렇게 내 눈 안에 가슴 안에 자리 잡아 살아온 사람처럼 익숙했다.

전라도 광주에 있는 고등학교에 첫 부임 했을 때 시인이라 소문이 난 여학생이 있었다. 이름난 공모전에 출품한 '나'라는 제목의 시가 최우수상을 탄 그녀는 그 시절에 〈미치게 푸른 오월〉이라는 시를 쓴 문병란 시인에게서 천재적인 소질이 있다는 시평을 얻어냈다. 그 학교에서 국어 교사로 근무한 나는 문병란 교수님의 제자였으나, 시로 인정받지 못해서 여기까지 와서 이렇게 밤늦도록 술이나 먹으며 회한을 달래고 있다. 그녀는 큰 키에 갈래머리가 잘 어울렸으며 누구의 숨이라도 빨아들일 듯한 눈동자를 가졌다. 언제가 이 여학생은 우리나라에 획을 긋는 시인이 될 줄 알았다. 그러나 시간이 흐른 후 그녀의 소식은 학교에 전해지지 않았다. 국어 시간이며 눈이 유난히 반짝거렸고 문학 작품 이야기만 나오면 나보다 더 많은 것을 알아차린 소녀는 광주에서 영영 사라지고 말았다. 제자들에게 졸업 후 그녀의 소식을 물으면 아무도 모른다는 말을 했다. 그 시절에 그토록 빛을 발했던 여학생을 이곳에서 만났다.

　잘 익은 국수가락을 목구멍으로 넘기며 숨이 막힐 것

같은 답답함이 뻥 뚫린다.

　밤이 깊어가고 국수가락처럼 길게 늘어진 사람들은 집으로 돌아가고 탐스럽고 두툼한 눈이 휘날린다. 작은 실내 포장마차 안에 뿌연 안개 같은 국수 솥에서 나오는 수증기가 축축한 분위기를 만든다.

주인.
시인의 공원 풍경

느티나무 잎이 푸르던 시절에 나도 있었고 너도 있었다.

호암동에서 오토바이를 타고 출퇴근했던 유나 엄마를 시인의 공원에서 만났다. 그 밤 눈이 푹푹 내려 느티나무 잎이 온통 눈을 뒤집어쓰고 있었다. 땅은 얼어서 미끄러웠다. 사람들은 엉금엉금 지나가는데 유나 엄마는 오토바이를 타고 호암동까지 가야 했다. 눈앞에는 눈이 휘날리고 있었다. 딸 셋을 키우느라 밤낮으로 일을 했던 유나 엄마는 나이 먹을수록 넉넉해 보이고 여유가 있는 표정이다. 가끔 가락국숫집에 근무했던 지난 일들이 떠오르면 이곳을 찾는다. 그녀에게 가락국숫집은 고생을 뼈빠지게 하는 노동의 장으로 생각했는데 그것이 아니었다. 그녀는 꿈과 낭만을 갖고 날마다 오토바이를 타고 야식집으로 출근해서 새벽에 퇴근을 했다. 그 가슴 안으로 불어왔던 봄바람을 기억한다.

"언니, 애들 키우느라 내가 하고 싶은 것을 못해서 그때도 한이 맺혀 있었어요. 오토바이를 씽씽 타면 가슴 안으로 시원한 바람이 불어오곤 했어요. 내 꿈이 무엇이었는지 언니는 모르지요? 저는 언니네 집에 일하러 다니는 식당 아줌마에 불과했지만 언니네 집에 드나드는 손님들이 시를 이야기하고 그림을 이야기할 때 마음이 두근두근했어요. 못다한 공부를 하고 싶었지요. 시도 쓰고 싶고 그림도 그리고 싶었답니다. 그래서 억지로 그분들 앞에서 이야기를 귀동냥하느라 상을 치우는 일을 더디게 했답니다. 밤일하는 남편과 시어머니 시아버지 모시고 14평 주공아파트에 살면서 얼마나 고생을 했는지 모르지요. 초등학교 졸업장밖에 없는 나는 검정고시 공부를 시작했답니다. 언니네 집 부엌에서 일을 하면서 서당 개 삼년이면 풍월을 읊는다는 말을 믿고 속없이 막걸리 먹고 시인들이 주정하는 말들이 신비스러워서 남몰래 공부를 시작했지요. 맨날 벌겋게 충혈된 눈으로 출근한 나를 언니는 안쓰럽게 바라보곤 했지요. 딸들 앞에서 엄마가 검정고시 시험공부를 한다는 말을 할 수가 없어서 숨어서 할 수 밖에 없었답니다. 지적 사치심을 갖고 산다는 것은 나의 자존감이었어요. 언니네 가락국숫집을 그만두고 호암동 근처에 있는 국밥집을 다니면서도 마음은 늘 이곳에 와 있었지요. 시인의 공원에서 불우이웃돕기를 한 시인아저씨가 나를 보면 다시 가락국숫집으로 오라했지만 밤에 오토바이 타고 사고가 나서 죽을 뻔한 기억 때문에 고개를 흔들었지요. 언니 내가 퇴근한 그날은 눈이 무척 많이 왔지요. 신발에 국숫발이 너덜너덜하게 붙어 있는 줄 모르고 오토바이를 타고 가다가 눈 속에 숨어있는 얼음판에 그만 미끄러지고 말았답니다. 오토바이는 저 멀리 뒹굴었고 넘어진 나는 밤에 내리는 눈 속에 벗겨진 신발 밑에 붙은 국숫발을 봤지요. 원망과 노여움이 밀려오더군요. 세상에 할 일이 그렇게 없어서 밤에 오토바이를 타며 연수동까지 위험한 질주를 하며 살아야 하나. 다행히 많이 다치지 않았지만 서러워서 엉엉 울면서 이튿날 출근을 안 했지요. 언니는 내가 왜 무단결근을 하며 식당을 그만두었는지 모르고 있었지요. 자존심에 말하고 싶지 않았어요. 무심히 가락국숫집을 떠난 후 한쪽 가슴에는 또 다른 찬 바람이 불어왔어요. 언니가 말했지요. 가락국숫집은 등 따습고 배부르면 오지 않는다는 말이 가슴을 후벼 팠어요. 시인의 공원 안에서 살아가는 사람들이 참으로 부러웠답니다. 언니는 내 근황을 알아보는 안부 전화 한 통하지 않았어요. 어쩜 그렇게 야속했던지요. 나랑 삼 년을 함께 일했는데 언니는 무정한 사람이더군요. 나는 나를 여자로 보며 참 수더분하게 생겼다며 치근대던 행복예식장 사장을 마음속으로 흠모했지요. 그런데 언니가 왕제비라면서 훼방을 놓았지요. 천연기념물이라며 내 곁에 와서 달짝지근한 말을 해주고 비싼 통닭도 시켜 주어서 그때 나는 조금 흔들렸어요. 그가 목에 두른 버버리 머플러며 코트가 멋있었거든요. 그 사장이 나에게 와서 전화번호를 주고받자고 하자, 언니가 대뜸 무서운 표정으로 그를 야단

쳐서 보냈지 않아요. 하마터면 내 인생에 봄이 올 뻔도 했는데 언니의 오지랖으로 물 건너가고 말았답니다. 그때 언니는 내가 가방끈이 짧고, 여름에 푸욱 파인 티셔츠를 입는다며 무시하는 것 같았어요. 시인의 공원에 느티나무 잎이 날마다 다르듯 가락국숫집 드나드는 사람들이 하는 말 또한 달랐어요. 가락국숫집을 무단결근으로 끝낸 후 덕분에 공부를 했지요. 검정고시로 중학, 고등학교 졸업장을 따고 이제 사회 복지 대학에 다니고 있어요. 세 딸들은 잘 커서 제 앞길을 가고 남편은 고생했다며 내가 공부하게 도와주었지요. 언니 이제 난 이 국숫집 이야기를 직접 한번 써보고 싶어요. 그리고 시인의 공원 풍경을 그리고 싶답니다."

느티나무

시인의 공원 앞집 여자가
속 시끄러운 얼굴로
맨날 나를 쳐다봐서
이파리에
바람구멍이 났다

손님.
기분 좋은 날

"언니! 더 이상 견딜 수 없어요. 이제 문을 닫아야겠어요."

〈기분 좋은 날〉이라는 제목을 걸고 작은 호프집을 하는 현희가 잠자리 날개짓 하듯 아른아른한 원피스를 입고 들어오며 말했다. 심각한 말이지만 무겁지 않다. 얼굴엔 웃음이 만발했고 보조개가 웃고 있다.

"아니 갑자기 무슨 소리예요."

"언니 내가 이 술집 골목에서 술장사 한 지가 30년이 넘었어요. 그런데 장사가 안 된다 안 된다 해도 너무 안돼요. 이 골목에 사람들이 다니지 않아요. 식당도 아니고 유흥업소도 아닌 어설픈 호프집에는 사람들이 안와요. 20년의 세월을 지난 2년이 모두 삼켜버렸어요. 나도 이곳 터줏대감인데요. 사람들은 이런 나를 기억하지 못해요. 우리 집이 안주가 먹음직스럽다며 그리고 내가 만만하게 순하다는 말을 하며 얼마나 많은 사람들이 왔다 갔는데 왜 이렇게 싸악 잊어버리고 찾아오지 않을까요. 언니가 이곳에서 야식집 장사 처음 할 때보다 내가 먼저 이곳에서 일을 했다고요. 시인의 공원에서 시 낭송하며 노래 부르는 기타 치는 아저씨 낡은 자선함에 돈도 푸욱 넣었지요. 플래카드에 가락국수 이름을 만들어 걸어 놓고 주말이면 노래를 불렀던 시인 아저씨를 바라보며 술에 취한 나는 늘 노래를 따라 불렀죠. 그때는 내가 호프집 주인이 아니라 호프집 알바를 하고 있었어요. 그때 아줌마 긴 머리에 긴 목선이 얼마나 예쁘던지 우리들은 가락국숫집아줌마를 대리석 피부아줌마라 불렀지요. 그런데 시간이 많이 흘러서 이제 언니도 많이 늙었고요. 저도 이렇게 늙어가네요. 연수동 먹자골목에서 청춘을 다 바치고 이제는 어디서 무엇을 해서 먹고 살아야 할까요. 그 시절 푸르던 느티나무를 손님들은 몽땅 잊어버렸

나 봐요. 하루 한, 두 팀 아니면 아예 마수도 못하고 문을
닫아야 한답니다. 저녁 여섯 시에 문을 열어 방역수칙에
따라 저녁 아홉시에 문을 닫으라하니 공산당도 아니고
세 시간 동안 간판 불을 켰다가 불을 꺼야 해요. 아예 문
을 열지 말아야 될 상황인데요. 나는 이곳에 정이 들어
서 문을 안 열고는 배길 수가 없어요. 그래서 이곳에 와
서 문 열어놓고 전화번호를 아는 사람들을 하나씩 불러
내 함께 술을 마시기가 일쑤지요. 술 한 잔을 마시면 갑
자기 근심걱정이 없어져요. 술장사해서 아이들 가르치
고 작은 빌라 한 채 사서 사는데 이 년 동안 가게세도 못
내서 빚을 내기 시작했어요. 그리고 언니 집을 바라보며
느티나무에게 한을 달랠 것 같은 언니를 생각하며 감염
병으로 난리가 난 세상에서 살아왔어요. 불 꺼진 창 안
에서 술을 마시며 늘어진 노래를 부르며 내 젊은 시절과
술집 골목을 바라보았어요. 유흥업소에서 잠시 알바하
던 젊은 시절 사연도 많았지만 나는 이런 술집 골목이 좋
아서 술이 좋아서 떠나지 않았지요. 애들 아빠와 이런저
런 사연으로 이혼하고 아이들을 기르는 일에 소홀할까

봐 단 하루도 아이들 아침밥을 해 먹이지 않은 적이 없었어요. 따뜻한 밥을 해 먹이며 술집 다니는 엄마는 언니처럼 고상하지는 않지만 비굴하지는 않으려 시인의 공원에서 기타 치는 시인아저씨 노래에 젖어 울기도 하고 웃기도 했지요

그토록 많은 사람들을 만나면서 수많은 시간을 보냈는데 이제 내가 아는 전화번호로 전화를 해서 나랑 〈기분 좋은 날〉 집에서 술 마시자고 불러낼 사람들이 하나도 없어요.

언니와 내가 그토록 좋아하며 매달렸던 느티나무도 야속하기만 하네요. 때론 시원한 바람 한 움큼을 이곳 연수동 먹자골목에 불어줄 만도 한데, 저렇게 몸뚱이에 방역 수칙만 잔뜩 써 붙이고 허허롭게 서 있네요. 이곳을 떠난다는 것이 겁이 나요. 언니는 가락국숫집을 얼마만큼 하실 건가요? 내가 보기에 언니는 죽을 때까지 하고 있을 것 같아요. 그런데 언니, 요즈음 언니의 그 웃음이 많이 사라졌다는 것을 알아요. 한없이 온화하고 천진스런 언니의 웃음에 근심이 서려 있어요. 이 세상에 영

원한 웃음이란 없는 것이지요. 언젠가는 이 어둠이 모두 지나갈 것이고 사라질 거예요. 느티나무 몸뚱이를 너무 믿지 마세요. 우리 마음이 순하고 순해졌을 때 느티나무 밑에 가는 것이지 마음에 근심이 가득하면 그 나무 밑에 갈 수 없다는 것을 알았어요. 나는 마음의 여유가 있어야 숨을 고르게 쉴 수 있어요. 언니! 술집여자로 돈을 벌어 개업한 〈기분 좋은 날〉 이름처럼 그냥 웃고 살래요. 언니 연수동 느티나무 시인의 공원을 잘 붙들고 있어요. 오늘은 떠나지만 또다시 이곳이 그리워지면 언니네 집 부엌으로 알바하러 올지 몰라요. 그때는 내가 최저 임금도 아닌 적은 임금 받고 언니를 돕고 싶어요. 그리고 가락국숫집에서 일을 배워 세상이 좋아지면 또 다른 〈기분 좋은 국숫집〉이란 이름으로 개업하고 싶어요. 오늘은 너무 많이 힘들어요. 냉장고의 술을 빼고 가게 청소를 하고 안주거리 재고를 버려야 해요. 쓰레기 봉지 50리터 짜리 열 개만 빌려주세요. 언젠가는 꼭 갚을 거예요. 시인의 공원 느티나무와 기타 치던 시인아저씨에게 내 안부를 종종 전해 주세요."

넝쿨 장미의 수다

지하 단란 주점이 부서지게
막춤을 추던 여자가
비틀거리며 퇴근한다
반쯤 허물어진 담장너머에
붉은 이슬로 세수를 한 소녀들이
여자를 향해 손짓하며 까르륵 웃는다
어둠을 밀어내며 빛이 다가와
비밀이 휘청거리는 시간
헤픈 웃음을 날리며 뭇남자들과
살비비며 놀던 지난 밤 일들을
들키고 말았다
언제부터 내 몸뚱어리를
관리해 주는 법을 만들어 놨는지
상간녀 꼬리표를 단 이야기를
속없이 지껄인다
줄지어 웃어대던 소녀들이 화들짝 일어난다

손님.
길게 사랑하는 이유

아홉 시에 문을 닫아야 한다. 한 시간만 더 늦게 문을
닫을 수 있다면 얼마나 좋을까. 방역대책에 무조건 협
조 아닌 적응해야 하는 현실이다. 이 골목 참 오랜만이
다. 젊은 시절 가끔 밤에 가락국수가 생각나면 서울에서
이곳으로 차를 운전해서 오곤 했다. 너덜거리는 비닐하
우스 같은 실내 포장마차에 김이 모락모락 나는 작은 부
엌과 홀이 분리되지 않았다. 이 포장마차가 우주를 끌어
당기는 지남철 같은 것이 있는 것이 분명했다. 그럴듯한
젊은 시절 내 이름을 뽐내던 때였다. 그런데 이곳에서는
내가 누군지 몰랐다. 운전기사를 데리고 와서 가락국수
한 그릇과 따끈한 정종을 마시는 것이 꿀맛이었다. 가락

국수 아줌마는 늦은 시간에 머리가 헝클어져 있었고 잠을 못자서 피곤에 절인 배추가 되어있었다. 아무런 격식을 갖추지 않은 편하디 편한 사람 같았지만 함부로 할 수 없는 갑옷을 입은 여자 같았다. 몇 년을 다녀도 한번 웃어주지 않았고 가락국수를 신경 써서 끓여주지 않았다. 눈길 한번 주지 않은 아줌마가 은근히 거만해보이기도 하고 무슨 자존감을 챙기고 빡빡한 분위기를 연출하며 살고 있는 듯해서 가락국숫집에 관심이 더 쏠렸는지 모른다. 도도한 아줌마가 끓여준 가락국수를 먹으며 어느 날 관심을 받기 위해 젖은 앞치마를 입은 아줌마에게 슬쩍 말을 던졌다.

"아줌마, 서울에서 이 집 가락국수를 먹으러 일부러 왔어요."

아줌마는 피곤에 젖은 눈을 부릅뜨며 놀랜 듯한 표정을 지었다.

"서울에는 더 맛나는 국수가 많을 텐데요. 밤 운전 조심하셔야지요."

술을 먹지 않은 운전기사를 바라보며 아줌마는 말을 던지고 부엌 안으로 사라졌다. 더 이상의 어떤 말을 나눌 수 있는 기회를 주지 않았다. 그렇게 말을 튼 후 아줌마는 나를 보며 가끔 반가워하는 표정을 지었다. 길게 말을 나누지 않아도 깊게 마음을 나누고 있는 느낌을 받았다. 그날 밤 나는 정종을 마시며 운전하는 친구와 함께 셋째 아들이 속을 썩인다는 이야기를 나누고 있었다.

"인석아. 우리 부부가 웅이에게 꽂혀서 데리고 와 정말 사랑으로 키웠는데 그 애가 사춘기가 되면서 확 폭발한 것이야. 이렇게 될지 모른다는 걱정을 했기 때문에 정말 이렇게 된 것이 아닐까. 그놈이 술과 담배뿐만 아니라 여학생들에게 못살게 굴고 화장실에서 담배를 피우고 휴지에 불을 붙여서 불을 지르기까지 해. 우리가 공개 입양을 했거든.

자식 욕심이 많았어. 나는 똑똑한 남자아이가 좋았거든. 웅이를 입양한 후 살맛나는 세상이 되었지. 그런데 중2가 된 웅이는 날마다 반에서 사고를 치는 거야. 공개 입양이라는 말을 본인 스스로 하면서 반 아이들을 괴롭

혔지. 친구들을 때리고 돈을 훔치기 시작한 거야. 그뿐만 아니라 똥을 싸서 비닐봉지에 담아 여학생 가방 안에 넣어 놨대. 이것을 어떻게 설명해야 하나. 말썽꾸러기 웅이를 우리 집안에서는 파양 시키라고 해. 이제 우리 집사람도 지쳤어. 이러다가 우리 가정이 파괴될 것 같아. 우리 가족이라는 말을 한다는 것이 우습지. 우리 가족은 나의 아들 둘과 딸 이렇게 포함돼 있는데, 나의 사랑하는 웅이를 빼고 지금 말하고 있어. 이런 사랑은 전생에 무슨 인연이 분명 있었을 텐데."

정종 한 잔 먹은 힘을 빌려 친구에게 마구 넋두리를 하고 있는데 갑자기 가락국수 아줌마가 불쑥 말했다.

"사장님. 안돼요. 사랑이란 처음이 어렵지만 한번 빠져들면 포기하면 안 돼요. 끝까지 길게 사랑해야 해요. 사장님은 인물값을 하느라 좋은 몫을 택하신 것이에요."

그날 밤 충주 가락국숫집에서 아줌마가 내 심장을 향해 내던진 말이 속을 환하게 비추는듯했다. 간간이 들러서 웅이 이야기를 가락국수 아줌마와 했다. 무슨 심리상담이나 전문가의 의견을 듣는 것보다 이곳에 와서 아줌마와 이야기를 하고 나면 마음이 훨씬 편해졌다. 나는 말을 하고 아줌마는 늘 들어주고 내가 하고있는 아들 사랑을 응원했다. 길게 깊게 흐르는 물속을 누가 알아줄까. 시인의 공원 느티나무처럼 팔랑거리는 플래카드는 연수동 먹자골목을 뒤흔들고 있는듯하다. 아줌마의 표정은 약간 긴장돼 보였다. 그렇게 시간이 지나고 우리 웅이가 이제 대학에 들어갔다. 그렇게 속을 썩이더니 늦게 입양한 내 아들은 이제 세상에서 제일 믿음직스럽다. 모든 아픔은 시간이 해결해 주나 보다. 이곳에 팔랑거리는 느티나무잎 같은 방역 수칙이 사라지는 날을 기다린다. 그 시절에 이곳에서 웅이 때문에 많은 넋두리를 하면서 마음을 달랬는데 이제 아줌마 이야기를 내가 좀 듣고 싶으나 아줌마는 의연한 모습으로 우리 웅이 이야기를 궁금해 하는 눈치다.

지나가다 들리는 집

얼큰하게 취하면 발이 먼저 가는 집
힘들어서 못살 것 같아서 찾아온 이 집
믹스커피 한 잔 얻어 마시면
따라다닌 시름이 사라져 버린 집
인생은 별거 아니야!
주어진 자리에서
한 발은 땅에 딛고 한 발은 하늘을 딛으며
꾸역꾸역 살아가는 것이지
내일 아침에는 기가 막힌 햇살이 쏟아질 거야
주인아줌마의 믿지 않은 상술에
죽을 것 같은 걱정이 잦아지는 집
활활 타오르는 장작불마저 이웃집에서 붙여와
속내가 따뜻하게 젖어오는 집
발길 따라 들어오면 매상과 상관없는 이야기를
나눌 수 있어
떼어내지 못한 우울이 싹 달아나 버리는 집

손님.
거룩한 마무리

이곳에 오면 이 집을 찾을 수밖에 없다. 일 년 전에 서울로 이사를 갔건만 이 집이 그리워서 가끔 온다. 몸은 떠났지만 마음은 시인의 공원 느티나무 아래 어느 의자에 놓고 왔다. 묘한 일이다. 서울이 고향인 나는 단 오 년 동안 이곳에서 살았는데 자꾸만 이곳이 고향처럼 느껴진다.

썰렁한 겨울을 맞고 있다. 사람들이 숱하게 몰려 있던 이곳에 한겨울 싸늘한 바람이 분다. 서울에서도 요즈음 손님들이 확 줄었지만 이곳만은 많은 사람들이 그대로 있을 줄 알았다. 내가 국수누나라 부르는 주인아줌마는 여전히 나를 보며 웃어준다. 그러면 됐지, 시인의 공원 느티나무 잎은 졌지만 발가벗은 사람 마음의 진실을 대변하고 있다. 봄을 맞기 위해서 혹독하게 찬 밤을 견디고 있다. 우리 모두가 이런 겨울을 지내고 있다.

국수누님이 슬며시 웃으며 묻는다.

"그래 정재씨. 재결합을 해서 행복하게 잘 지내지요?"

국수누님이 아무렇지도 않게 하는 말에 가락국수가 목구멍에 걸렸다. 작년에 이곳을 떠나면서 이혼한 아내랑 재결합을 하러 서울로 직장을 옮겼다는 말을 스스럼 없이 했다. 정말 재결합을 하고 싶었다. 좋은 직장 다니면서 내가 잘못해서 이혼을 하게 됐다. 직장동료와 넘지 말아야 할 선을 넘었다. 이 사실을 알고 날마다 나를 미워하는 아내의 잔소리가 싫어서 이혼해 달라는 아내의 소원을 들어주었다. 그러나 이별이 이렇게 길고 아플 줄은 몰랐다. 노래하기를 좋아한 나는 이곳 충주, 시인의 공원 근처로 이사와서 날마다 느티나무 앞에서 시름을 달래고 있었다. 열 살 아래인 아내와 이별은 내가 피웠던 바람의 아픔과는 천지 차이였다. 그토록 미워하던 아내는 나를 버렸다. 밖에서 더러운 똥밭에서 굴렀다고 나를 송두리째 세탁기에 넣어버린 느낌이었다. 철저하게 잘못을 인정하고 용서를 빌었지만 아내 앞에서 죽일 놈이 되어 쫓겨났다. 아무런 연고가 없는 이곳으로 직장을 옮겨 살다보면 아내가 용서할 줄 알았다. 국수누님이 가끔 부엌에서 버무린 겉절이 김치를 주곤 했다. 집에서 담근 김치가 이렇게 맛있을 줄 몰랐다. 집을 떠나기 전에는 김치냉장고에 장모님이 우리 사위가 김치 좋아한다며 갓김치, 석박지, 알타리 김치, 동치미, 배추김치 종류별로 쭈욱 담가주어서 맛있게 먹었다. 장모님 김치가 지금도 먹고 싶다. 국수누나에게 나의 넋두리를 하며 내가 속없는 놈처럼 느껴졌지만 언제가 아내에게 용서를 받아서 재결합 할거라는 말을 해서 국수누님을 안심시켰다. 다시 직장을 서울로 옮겨 떠날 때 아내랑 재결합할 것 같은 희망을 남기며 떠났다. 그때 국수누님이 엄청 좋아하면서 배추김치 한 통을 주며 아내랑 알콩달콩 먹으라 했다. 얼떨결에 김치 한 통을 받아 들었다. 서울로 전근을 가면서 아내랑 재결합을 하러 가는 분위기가 이곳 시인의 공원에 연출이 되었다. 아무도 모르는 호반의 도시 충주에서 숨어 살면서 지난 날을 반성하려 했는데 이곳에 묻혀 있다가는 정말 홀아비로 늙을 것 같아 다시 아내가 있는 서울 집으로 돌아가고 싶었다. 내가 택한 곳은 우리 집이 아니었다. 서울로 이사를 가는 나는 또다시 혼자였다. 아내랑 먹으라 준 국수아줌마의 김치통만 덩그러니 남았다. 부부싸움은 칼로 물 베기라는 말이 떠올랐다. 물을 자르면 다시 이어질 줄 알았다. 이렇게 긴 이별이 이어질 줄 몰랐다. 나는 아직도 꿈꾼다. 아내랑 이곳에 와서 국수 한 그릇을 마주 보고 먹으며

"그동안 모질게 한 당신에게 불어댔던 바람은 지울 수 없지만 그냥 지나가는 바람이었다고 말하고 싶어요. 다시 돌이킬 수 없는 인생의 몹쓸 바람을 만나서 당신에게 평생 속죄하며 살겠습니다."

이렇게 꼭 말하고 싶다.

법원에 근무하는 나는 많은 부부들이 이렇게 헤어지는 것을 본다. 그러나 많은 부부들이 헤어져서 행복하다는 생각이 들지 않는다. 아픔을 녹이기 위한 반성의 일종이 이별이 될 수 있지만 나는 그렇지 않다. 시인의 공

원에서 불어대는 바람은 언젠가는 멈추고 그 다음은 조용하다. 그러나 살다보면 또다른 힘든 바람이 불어온다. 합리화를 시키고 싶어서가 아니다. 나의 진정성을 인정받고 싶어서 이렇게 이 집에 와서 서성인다. 시인의 공원이 있는 국숫집을 다시 들여다본다. 국수누나에게 짙은 갈색의 김치 빈통을 내밀며 감사히 잘 먹었다고, 언젠간 아내랑 인사하러 오겠다는 말을 건넸다. 이곳 시인의 공원에 쓸쓸하게 붙어 있는 방역수칙 플래카드가 정리되고 새로운 바람이 불 것이다.

　—가락국수는 겉옷이 스치는 사이. 잔치국수는 속옷의 스치는 사이—

　누군가가 써서 붙여놓은 이런 글귀를 읽어 본다.

동지冬至

어젯밤 타다만 땔감들에 온기가 남아있다
버릴 수 없는 몸을 더듬으며
손에 힘을 주어 불을 당긴다
목구멍 안으로 불길이 들어가야 내장을 태운다
찬 공기를 잡아넣는다.
심란한 이야기도 보고픈 사람도
덜 채운 매상도 함께 집어넣는다
생밀가루 향을 지우지 못한 설익은 국수도
오징어 한 점이 들어가지 않은 오징어덮밥도
정종 다시 채워 달라는 남자의 요청도
국수 곱배기 먹고 외상을 하자는 손님도
저지른 수많은 허물 위에 불을 덮으며
못다 한 이야기를 진득하게 달인다.

손님.
멋을 부른 여자

호주로 이민 가서 살면서 이 집이 많이 생각났다. 먼 향수에 젖어 말없이 달밤에 기웃거렸던 집이다. 공항에 내려서 꼭 충주 연수동 가락국숫집을 찾아보리라 다짐했다. 고향 누나 친구 엄니 같은 여자가 나를 반겨 줄까. 내가 그때 써봤던 글이 그 허름한 국숫집 벽에 붙어 있을까. 경제위기 시절 그 집에서 오롯이 애환을 털어놓고 국수 한 그릇과 소주 한 잔으로 시름을 달래던 시간이 힘들었지만 그리움으로 살아나곤 했다. 온 세상이 감염병으로 난리가 난 지금 오랜 시간을 걸쳐서 고국에 오게 되었다. 경제위기 시절에 연수동 큰 회사에 부장으로 있다가 직원들 밥줄을 자르는 아픔을 맡아 하다가 자신에 대한 죄책감으로 괴로워 이민을 택하고 말았다. 그때 아줌마에게 주려고 가방 안에 넣어 온 허브차와 꿀병이 있었다. 고향 같은 연수동 가락국숫집에 가면 내 동료들을 한 명이라도 만날 수 있을까. 아니면 소식이라도 들을 수 있을까.

시인의 공원에 눈이 내린다. 그 아줌마가 부둥켜안고 인생의 희로애락을 즐겼다는 느티나무는 푸른 잎을 다 떨어냈지만 가락국숫집 밀가루 같은 눈이 풀풀 내리고 있다. 긴 세월 나의 청춘이 이곳에 묻어있지만, 흰머리가 듬성듬성 나고 주름진 얼굴에 그토록 상기됐던 눈도 가슴도 어쩐지 어색할 뿐이다. 군청 뒤에 있던 우리 회사에 나는 부장으로 남아 있었지만 언제 어떻게 될지 모른다는 위기감을 느끼고 호주에 있는 친구랑 상의 끝에 이민을 결정하고 정 대리와 함께 가락국숫집에 앉아 송별식을 했다. 그 아줌마는 이별 말을 알아듣고 많이 서운해 하는 눈치였다. 설마 아줌마도 나처럼 나를 좋아하는 마음이 있었을까. 그 시절 우리는 가락국수나 쫄면, 유부초밥, 메밀국수, 양푼이 비빔밥 메뉴를 줄줄 외우며 아침을 안 먹고 출근한 날에는 가락국수 한 그릇을 먹고 점심시간에 메밀소바와 김밥을 먹고 저녁에는 양푼이 비빔밥을, 술을 먹은 후는 또다시 야식으로 가락국수를 먹어 이 집에서 식사를 모두 해결한 날이 많았다.

국숫집에서 날마다 먹는 식사가 부실할까 봐 아줌마는 가끔 집에서 끓여 먹은 동태찌개와 겉절이김치를 내놓곤 했다. 직원들은 상관인 나를 따라 먹느라 가락국숫집 음식에 질려서 아줌마가 특별하게 내주는 동태찌개와 겉절이김치를 엄청 좋아했지만 내 입맛에는 특유의 젓갈 비린내가 나서 이 집 메뉴가 좋았다. 그리고 이 집 부엌에서 일하는 주방아줌마의 웃는 모습이 귀엽고 사랑스러워서 음식이 더 맛있었다. 하루는 정 대리가 아줌마를 졸라서 곰표 밀가루로 찐빵을 만들어 달라고 부탁을 했다. 순하디순한 가락국수 아줌마는 붉은 동부 콩을 듬성듬성 넣고 막걸리 냄새가 나는 넓적한 찐빵을 만들어서 큰 접시에 내놓았다. 김이 모락모락 나는 세상에서 가장 큰 빵을 들고 마음이 폭신폭신해졌는지 모른다. 가끔 떠오르는 달덩어리 같은 찐빵을 떠올리며 가락국수

아줌마의 얼굴을 생각했다. 희로애락을 담은 가락국숫집에서 회사 직원들을 억지로 떼어 보내는 아픔을 달래며 나도 충주시 연수동 시인의 공원에서 가락국수 아줌마와 작별했다. 아줌마가 두르고 있던 개망초가 그려진 앞치마는 들에 핀 꽃에서 금방 비가 떨어져 젖어 든 모습이었다. 밀가루 반죽을 하다가 엉겁결에 손을 흔들며 이별을 한 아줌마, 어떤 모습으로 살아갈까 걱정이 됐다. 늘 어색해 보인 앞치마 속 이야기가 궁금하고 위태로워 보였다. 국수 반죽을 해서 면을 뽑아내는 기계 앞에 빨간 글씨로 −손 조심− 이란 글씨가 쓰여 있다.

이십오 년이란 세월에 성큼성큼 들어가 본다. 얇은 비닐이 너덜거리며 바람에 나부끼던 연수동 그곳에서 국수를 끓이던 여자가 있었다. 청치마에 푸른 블라우스를 입었다. 그 여자는 말을 하지 않았다. 주변에는 밀반죽하느라 밀가루가 여기저기 흩어져 있었다. 여자는 가루를 온몸에 뒤집어쓴 모습처럼 뭔가에 지쳐있었다. 삶을 다 포기한 시점에 이곳에 나왔을까. 아니면 삶의 의미 같은 것을 찾으러 나왔을까. 먹고 살기 위해 치열한 모습임이 분명한데도 어딘지 헐렁해 보이고 어색한 표정이다. 국수 반죽을 하는 여자는 혼자 속으로 웅얼거린다.

'맛있어져라 맛있어져라, 너를 만나 나는 반갑고 힘이 난다. 이제 내 삶의 밥줄을 잡았다. 누가 뭐래도 나는 여기에 온 정성을 다할 것이다.' 어깨와 손바닥에 힘을 주고 반죽을 한다. 무엇에 홀리듯 이곳에 와서 소금을 넣어 간을 맞추고 등줄기에 땀이 고인다. 짙은 어둠이 빛을 조금 섞어 회색빛으로 변해 가는 모습을 한 여자는 어깨를 툭툭 치며 날아갈 것 같고, 밀가루처럼 흩어져 후줄근한 땅바닥에 붙어버릴 것 같은 느낌이다. 조금은 특이한 여자가 강한 듯 흐지부지해 보인다. 밀가루를 닮은 여자는 힘을 다해 밀반죽을 한다.

서른아홉에 하루하루가 시작된다. 젊은 나이에 무슨 사연이 있었을까.

꿈을 꾸듯 그 시절 가락국수 아줌마를 생각하며 2022년 1월 15일 가락국숫집 문을 열며 들어섰다. 항상 복작

복작했던 가게 안이 조용하다. 가게 안에 수북이 붙어 있는 A4 용지가 옛사람들처럼 북적거리고 느티나무처럼 종잇조각이 나부낀다. 하루하루 일기를 적어 천장에 매달아 놓듯 수많은 사람이 적은 글들이 나를 반긴다. 아줌마는 가게 안에 없다. 어디로 외출을 한 것일까. 혹시 아프거나 그만둔 것은 아닐까. 겁이 나서 주방아줌마를 보며 주인아줌마의 안부를 물어볼 수가 없다. 그냥 가락국수 한 그릇을 시켜 놓고 두리번거리며 옛날에 내가 써 붙였던 글을 찾아본다. 아줌마가 나를 못 알아보더라도 상관없다. 슬그머니 내가 가지고 온 허브차와 꿀을 한쪽 식탁 위에 내려놓고 내 글을 찾아본다. 아, 신기하게 그 글이 여기에 있다. 20년 넘게 이 가게 안에 있다는 것이 기뻐서 가슴이 뛴다. 떠나간 나를 그리워하며 그 시절을 대변하고 있다.

달맞이꽃

연수동 먹자골목에 밤비가 내린다
들꽃이 수놓아진 앞치마를 두른 여자가
찌그러진 주전자를 들고 홀로 나간다
양은 주전자 때리는 빗줄기가
젖줄 같은 막걸리 따르는 소리가 되어
양철 지붕 위에 떨어진다

비 내린 밤에 달달해진 막걸리
밤에 피어서 애처로운 꽃
여자의 젖은 앞치마에
꽃술이 그려진다

주인.
너무 아픈 사랑은

점심시간이 예전처럼 바쁘지 않다. 사회적 거리두기가 시작된 후 먼 곳에서 찾아온 손님들은 드물다기 보다 아예 없다는 편이 솔직하다. 이곳 골목에는 낮에 빛이 들어오지 않은 기분이다. 돌아다니는 사람이 거의 없다. 어떤 여자 손님이 "아줌마. 내가 여행 가이드가 직업인데요, 내가 알기로는 감염병은 3개월이나 6개월이면 끝나요." 이런 말을 하며 지나갔다. 그 여자 손님 말을 굳게 믿고 싶었다. 감염병은 감기처럼 훌쩍 지나갈 줄 알았다. 우리 곁에서 불안과 아픔을 최고치로 끌어올릴 줄은 몰랐다. 갑자기 사람들이 식당에 나오지 않았다. 작년 이맘때만 해도 백신이 나오면 우리 곁에 있는 감염병은 싹 사라질 거로 생각했다. 그런데 날이 갈수록 세상은 술렁인다. 보이지 않고 잡을 수 없는 바이러스가 힘을 과시하고 있다. 문명의 발달 때문이라 생각했다. 나같은 잠재적 문맹인 사람도 컴퓨터 앞에 앉아 자판을 서툴게 두드려 대고 있으니 자연이 얼마나 많이 훼손되었을까. 그렇지만 인간이 자초한 책임도 있지만 감염병은 우리가 부르지 않았으니 불청객은 스스로 사라질 것이다. 지금도 믿고 있다.

몇 사람들이 점심을 먹기 위해 다녀간 후 썰렁해진 가게 안에서 손님을 기다리기가 어쩐지 멋쩍어서 오일장에 나왔다. 손두부를 해온 할머니가 며칠이나 썼는지 누런 마스크를 위로 하고 콧구멍을 보이며, 손짓을 하며 두부가 맛있다면서 사라고 권한다. 할머니 손두부가 인기가 많아도 못 팔았는데 가슴이 짠하다. 두부 두 모와 상추 오이 당근을 사 들고 터벅터벅 시인의 공원을 향해 걸었다. 연원 시장안의 내 단골 장꾼들 표정이 왠지 모르게 모두 낯설어지면서 찬 바람이 부는 듯하다. 움츠러지는 느낌이다. 바로 가게 안으로 들어가지 않고 시인의 공원에 앉았다.

시인의 공원을 서성이던 사람들은 다 어디로 갔을까. 썰렁하게 서 있는 류근 시인의 시를 보며 작은 목소리로 웅얼거리며 '너무 아픈 사랑은 사랑이 아니었음을' 불러본다.

시인의 공원 벤치에 앉아 느티나무를 바라본다. 느티나무 가지가 뻗어 나의 가락국숫집 안으로 들어가고 싶어한다. 아침에 눈이 떠지면 무엇에 홀리듯 이곳을 향해 달려온다. 나의 마음과 몸은 이곳이 좋아서만 그러는 것일까. 밀반죽하고 국수 뽑으며 만났던 류근 시인이 갑자기 보고 싶다. 금방 실내 포장마차 삐거덕 거리는 문을 밀며 들어설 것 같은 아름다운 소년 같은 류근 시인이, 헝클어진 머리를 휘날리며 국수누님하고 부르며 들어올 것 같다. 어느 날 가을 바람을 맞고 우리 집에 나타났던 류근 시인을 보며 '오매 우리 집에 느티나무가 들어오네' 혼자 말로 중얼거렸다.

류근 시인은 충주 엄정면 중학교 동창생들과 한참을 들판에서 메뚜기나 잠자리를 잡다가 달려온 소년 같기도 했다. 류근 시인이 잠재적 문맹인 척하는 우리 가게를 발견한 후 충주만 오면 우리 집을 찾아왔다. 유명한 것도 모르는 나는 그 소년 같은 해맑은 웃음이 좋아서 반갑게 맞아 주다가 '이어도 횟집' 사장이었던 그 친구들과 어울려 낮술을 한 잔씩 주고받은 사이가 되었다. 류근 시인의 시 세계에 젖어 들면서 인간 깊숙이 젖어오는 사람 냄새를 맡았다. 유명하지 않았고 부자가 아닌 순수한 모습에 반해서 우리 집에서 공원 느티나무를 바라보며 류근 시인과 글짓기를 하며 놀았다.

몇 년이 지난 후 류근 시인이 모 방송 역사 프로그램에 멋지게 나온 것을 보게 되었다. 지성과 멋과 품위를 갖춘 시인을 텔레비전에서 마주 보기가 어색했다. 나랑 친한 사이인데 함께 낮술을 마시고 글쓰는 놀이를 했는데, 유명하다는 것을 몰랐을 때 내 동생이며 아름다운 소년이며 친구인데, 내 나이가 십년만 젊었더라면 한번쯤 연애를 하고 싶은 그런 멋진 사람인데 이제 가까이하기에는 너무 먼 당신처럼 느껴져서 어색했다. 한없이 선한 눈빛을 바라봤다. 그리고 가끔 친구들에게 류근 시인은 친한 동생이라 말하여 지적 사치심을 유발했다. 아들이 군에 가는 앞 날 머리를 깎은 모습을 보고 류근 시인이 지갑에서 오만원짜리 지폐를 꺼내어 아들 손에 쥐어 주었다. 그리고 머리를 묶은 가락국수 누나가 파마했다며 파마를 풀고 다시 머리 묶으라고 오만원 짜리 지폐를 내 손에 쥐어 주었는데, 극구 그 돈을 류근 시인에게 되돌려 주어서 그의 성의를 져버렸다. 류근 시인 친구랑 뒷골목에 있는 오뎅 집에서 정종을 함께 마시며 인생 뒷골목에서 사는 사람들이 되어 밤깊은 줄 모르고 가락국숫집을 버리고 놀았다. 그리고 내 친구 은영에게 십년만 젊었더라면 류근 시인을 사모할 것 같다는 고백을 했다. 물론 짝사랑이지만, 류근 시인은 귀엽고 사랑스러웠다. 아무리 술이 취해도 술값을 냈고 코로나 시절에 많이 힘들다는 것을 알아서 망해서 슬프다는 나를 위로해 주었다. 시인의 공원 느티나무처럼 나풀대던 류근 시인의 머리카락을 생각하며, 시인의 공원에 세워진 류근 시인의 시화를 보며 '너무 아픈 사랑은 사랑이 아니었음을' 늘 입안에서 웅얼거리곤 한다. 멀지 않아 산뜻한 봄이 올 것이고 낮도깨비 같은 류근 시인은 이곳을 찾아올 것이다. 그러면 또다시 낮 막걸리를 함께 마시고 이제 정말 가락국숫집 망했는데 무슨 미련이 이렇게 많이 남아서 이곳을 못떠나며 시인의 공원에서 류근 시인을 기다리고 있는 것이냐며 넋두리를 해야겠다.

손님.
죽을 것 같다, 살고 싶다

가락국수 한 그릇을 시켰다.

밖에 있는 찬기가 아직 몸에서 빠져나가지 않고 장작
난로 옆에서 웅크리고 있다. 이곳의 너저분한 삶에 들어
있는 이야기가 적힌 낙서들이 환풍기 바람에 펄렁인다.
즐비하게 늘어선 사연들이 머리카락을 흔들며 한 번쯤
나를 봐 달라 아우성친다. 가만히 귀 대보며, 아니 눈을
맞추며 저절로 들어온 글이 있다.

-죽을 것 같다, 살고 싶다. -

힘들어하는 사람의 표정이 들어있다. 그 옆에

-미안해요. 그 길을 함께 하지 못해서요. -

묘한 화답이 적혀있다. 각자의 삶이 소중하지만, 그것

을 알면서도 얼마나 힘들었으면 저런 글을 쓰고 갔을까. 주인아줌마는 알 것 같으나 물어 볼 수가 없다. 나 역시 집에서 나오며 이제 밥숟가락을 놔 버려야 하지 않을까. 살면 얼마나 산다고 사람답게 살지 못할 바에는 이곳에서 그냥 지워지고 싶다고 생각했다. 알 수 없는 나라에서 내가 살아가는 느낌이다.

꽤 유명세를 치르는 '큰 바다 횟집'을 운영했다. 십오 년째 몸과 마음은 힘들었지만 찾아 주는 단골손님이 많았으니 신명나게 밤낮으로 일을 했다. 신선한 바다에서 갓 건져 올린 횟감으로 손님 대접을 한다는 자신감으로 살았다. 밖에 나가면 '큰 바다 횟집' 사장이라는 이유로 꽤 괜찮은 대우를 사람들이 해 주어서 생선 냄새가 나는 옷을 입고 시내를 활보해도 자신감이 그득했다. 그런데 코로나19 단 2년이 그동안의 내 단골손님들과 이별을 하게 만들었다. 사람들이 오지 않았다. 물론 잘되는 집은 잘되었지만 큰 바다 횟집의 명예를 걸고 배달을 하지 않았다. 우리 집에서 정성껏 신선한 재료로 손님들을 대접해야 한다는 장사 철학이 마음 깊게 자리 잡았기 때문이다. 주방아줌마 둘과 홀 서빙하는 알바 둘 그리고 총 관리를 하는 지배인 친구가 나와 함께 이곳에서 밥을 먹고 사는 사람들인데, 처음에는 주방아줌마와 알바 한 명을 억지로 퇴직을 시켰다. 시간이 흐를수록 가게 세와 직원 월급으로 마음이 가라앉기 시작했다. 소상공인 대출을 받았고 소상공인을 위한 위로금도 정부에서 조금 받았지만 턱없이 부족하기 시작했다. 일 년이 지난 후 적자의 연속은 계속되고 그동안 몰려 왔던 손님들이 오지 않았다. 꽤나 큰 가게를 지키면서 내가 조금씩 가라앉은 느낌이 왔다. 큰 바다로 횟감을 구하러 간 내가 바다 깊이로 빠져 들고 있다는 생각이 들어 살맛이 나지 않다. 밥맛이 없었다. 사람들이 몰려들지 않은 '큰 바다 횟집'은 수족관에 들어있는 광어 우럭 방어 오징어 낙지들이 차츰 다시 바다로 가고 싶어 힘을 잃어가면서 가게 안에는 비린내가 진동하기 시작했다. 아무리 몸부림 쳐도 안될 때는 과감하게 접어야하는 결단력이 필요하다는 것을 안다. 하지만 자신의 직업으로 삶의 일부가 되어버린 가게를 접기가 힘들다. 수족관에서 썩은 생선이 되어버릴 즈음에 손을 놓아 버렸다. 나와 생사고락을 함께 나눈 가족 같은 직원들과 생이별을 하게 되었다. 십오 년 동안 최선을 다해 함께 한솥밥을 먹었는데, 그토록 내가 아꼈던 '큰 바다 횟집'을 기억하며 나를 원망할까 아니면 불쌍해할까.

큰 바다에서 밀려나 어느 작은 무인도에라도 표류하고 싶다. 큰 바다를 떠나서는 바다 내음이 그리워 살아갈 수 없을 것 같다.

이곳 부엌에서 바다 냄새가 스며든다. 가락국수 속에 들어가는 다시마, 참다랑어 새우들이 살아서 가슴 안으로 달려오는 듯하다. 이집 아줌마는 이제 꽃할머니가 되어 있다. 워낙 오래한 이 국숫집은 언제까지 버틸 수 있을까. 사람들은 예전에 북적대던 국숫집은 절대 망하지 않을 거라는 말을 종종 들었다. 그렇지만 가게는 손님들을 위한 공간이다. 손님들이 찾아오지 않으면 어떠한 장사도 오래 버틸 수 없다는 것을 나는 안다. 아줌마의 들꽃 그려진 낡은 앞치마를 바라본다. 이곳은 '큰 바다 횟집' 식구들과 일을 끝낸 후 간간한 가락국수와 쫄면 메밀

국수를 먹으러 종종 왔던 집이다. 아줌마는 늘 웃었지만 피곤해 보였다. 아줌마는 문학 동아리들하고는 다정다 감했지만 우리는 크게 반기지 않았다. 먹고 싶으면 먹고 먹기 싫으면 먹지 말라는 느낌이 왔지만 가락국수 국물 맛은 큰 바다 횟집 부엌에서는 나올 수 없는 독특한 맛이 다. 홀서빙하는 아줌마는 보이지 않고 주인아줌마가 종 종거리면서 손님이 하나둘 있는 헐렁한 홀 안에서 일을 하며 나를 보며 말을 한다.

"사장님. 요즈음에 방어가 제맛이지요. 이럴 때일수 록 잘 먹어야 해요. 방어 한마리 회 떠 놓으세요. 제가 이 따가 가지러 갈께요. 매운탕거리도 주세요. 우리 주방아 줌마가 매운탕이 더 맛있다해요."

임시휴업

싸락눈이 눈치없이
피안 역 카페를 찾아오는 날
오드리 헵번이 그려진 도자기 잔은
커피 추출기 위에 뜨겁게 누워있다
세금 독촉장들이 벌건 얼굴로
형광등과 수도꼭지 위로 튕겨 나온다
간판 불이 꺼진다
천 원짜리 커피를 빚으며
그저 내가 좋아서 하는 카페라며
소갈머리 없이 웃었던 날
쓰디쓴 허영심을 지운다
어둡지만 낯익은 홀 안에서
온기가 살아 있는 오드리 헵번이
싸락눈 소리를 듣는다

주인.
동백꽃 강진

일요일은 쉬어요. 창문에 써서 붙여 놨더니 애진이
가 천주교 신자는 주일은 쉽니다, 이렇게 써야 한다며 나
를 흘겨본다. 주일을 강조하면서 살고 싶지 않다. 어려
서 엄마 따라 개신교를 다니다가 천주교재단인 중학교
에 가게 되었다. 맨 처음 성 요셉 여중학교에 들어섰는
데 성모님 상 앞에 서 있는 작은 수녀님을 보며 환상적인
영화의 한 장면을 본 느낌이었다. 저렇게 예쁜 수녀가
되고 싶다는 생각이 순식간에 들어왔다. 내 고향 강진의
이른 봄은 겨울의 차가운 바람이 불었지만, 마음이 따뜻
했다. 이 세상에 모든 아픔을 위해 붉은 등불을 켜고 있
는 동백꽃을 보며 하늘만큼 땅만큼 바다만큼 커다란 사

랑을 하며 살고 싶었다. 강진 송전리를 지나 읍으로 들어서면 큰 골목길에 불었던 사나운 바람을 기억한다. 그 바람은 예나 지금이나 내 가슴 안에 추움과 배고픔과 큰 가난의 집을 짓고 그 안에서 세차게 불어댄다. 그 시절에 읽었던 에밀 브론테가 쓴 『폭풍의 언덕』에 나오는 히스클리프와 케서린의 비극적인 사랑이야기에 불어대는 거친 바람 같기도 했다.

　계속되는 방역 수칙에 감염병에 대한 걱정과 염려, 아니 공포에 떠는 듯한 주방아줌마와 애진은 토요일 점심 장사를 마친 후 애진이가 늘 가고 싶다는 남도의 끝자락 강진으로 여행을 왔다. 인생은 저지른 사람의 몫이라는 말을 많이 하며 살고 있다. 하지만 그 말에 대한 책임은 지지 못하고 아련한 그리움으로, 그리고 싶은 소망으로 너스레를 떨고 사는 소인배라는 사실을 인정한다. 나에게는 고향이라 모든 곳이 낯익고 다정다감하며 아픈 추억이 살아나지만 애진에겐 어설프고 낯설 것이다. 그러나 나는 친인척 한 사람 살고 있지 않은 그야말로 환상적인 고향이라서 이제 담담하게 여행으로 받아들인다.

라떼는 말이야 이런 재미있는 말을 하지 말고 있는 그대로 받아들이고, 이곳에 동백꽃이 피어있다는 사실만 인정하고 싶다. 빨리 핀 동백꽃을 보면서 바람난 동백이라 이름을 붙여주며 웃었다. 때가 아닌 것 같은데 일찍 꽃이 피는 것을 생각하며 빙그레 웃어본다.

수녀가 되어 반짝반짝 빛나는 사랑을 실천하고 싶다던 소녀는 중2때 그 꿈을 저버렸다. 감나무 집 딸은 수녀가 되는 것이 그렇게 달콤한 꿈이 아니라는 것을 알았다. 왜냐하면 잘 기억은 나지 않지만 '기적'이라는 영화를 어머니 따라 본 후, 그 영화 속에 성모님 닮은 수녀가 멋진 남자와 세 번 사랑했는데 그 남자 셋이 다 죽은 내용이었다. 수녀가 벗어 놓고 간 수녀복을 성모님이 대신 입었던 내용으로 기억된다. 그 수녀의 괴로운 울부짖음과 뜨거운 눈물로 참회하는 모습이 머릿속에 깊게 사무치고 있었다. 수녀가 하느님 대신 사랑을 찾아 떠나면 반드시 죗값을 치른다는 사실이 진짜로 와 닿아 수녀됨을 포기한 후 세상에서 하나밖에 없는 소설적인 나의 사랑을 꿈꾸기 시작했다. 그래서 중학교에 진학하지 못한 친구가 남자 친구와 이별 후 서울 가서 공장에 다니자는 말에 혹해서 서울로 가는 완행열차를 탔다.

엄마에게 배가 아프다는 말을 남긴 후 아버지 호주머니에서 얼마인지 모를 돈을 훔쳐서 답답하기만 한 강진을 탈출한 것이다. 여자는 조금 늦게 피는 꽃이 더 오래 예쁘다며 빨리 꽃이 피면 여자의 일생이 망한다는 식으로 겁을 주던 엄마 말에 반박하고 싶었다. 가난과 답답함이 젖어 있는 강진을 떠나 화려한 서울의 빛나는 사람으로 재탄생 될 것 같은 들뜬 감성에 젖어 친구 따라 대전발 0시 50분, 휴게실에 내려서 가락국수 한 그릇을 맛나게 먹었다. 속이 든 친구는 공장에서 일하면서 돈을 모아야 하니까 한 푼도 쓰지 말자는 당부를 하며 쫄쫄이 굶고 있는데 속없는 나는 덜컹 큰돈을 주고 혼자 가락국수 한 그릇을 배부르게 먹어버렸다. 지금도 생각하면 참 의리가 없는 아이라 생각한다. 지금까지 단 한 번도 이런 사실을 친구에게 말하지 않은 앙큼한 친구임을 인정한다. 그런데 그 기차 안에 일찍 꽃이 된 친구는 또 다른 남학생을 만나 데이트를 하고 있었다. 꺽다리처럼 키가 크고 얼굴이 까만 시골 여학생을 아무도 꽃으로 보지 않았다. 일찍 핀 꽃이 되지 말라는 엄마의 말처럼 나는 서울에서 빛을 볼 수 없다는 사실을 알고 다시 고향으로 돌아왔다. 꽃이 된 친구를 서울에 남겨 놓고 여자도 아닌 남자도 아닌 중성 가까운 중학생은 아무 탈 없이 성 요셉 여중 학교에서 수녀님을 바라봤다. 기어코 멀리 더 멀리 떠나서 내 꿈을 펼치리라는 꿈을 안고 조용히 아무 일도 없는 것처럼 방학 동안에 벌어진 탈선을 무마시키며 교실에 앉아 있었다.

애진에게 이런 이야기를 들려주니 나와 더 가까워지는 느낌이라며, 주인아줌마의 어처구니없는 탈선을 반기며 웃었다.

유홍준 작가의 남도 답사 일번지에 나오는 명동 식당을 찾아 앉아 있는데 갑자기 한 청년이 다가왔다.

"사장님, 안녕하세요. 어떻게 이곳에서 만날 수 있는지 기적이네요. 안 그래도 이곳에 피어있는 동백꽃을 보면서 가락국숫집 생각이 났어요. 이곳에 동백꽃이 피었어요, 하고 전화할 참이었지요."

"오매 그 공부 잘한 청년이네. 정말 반가워라. 아 그때 우리 집에서 가락국수 먹으면서 남도 여행을 하고 싶다고 했는데 정말 하고 있네요."

유명 대학을 나와 남들이 부러워하는 대기업에 취직했지만 행복하지 않다는 이유로 퇴사를 하고 가락국숫집에서 괴로워했다. 내가 하고 싶은 일을 하면 행복하다며 나는 아주 구체적이지 않은 말을 하며 청년을 위로했다.

프로스트의 「가지 않은 길」 중에

(훗날 훗날에 나는 어디선가 한숨을 쉬며 이야기할 것이다.

숲속에 두 갈래 길이 있었다고

나는 사람이 적게 간 길을 택하였다고

그리고 그것 때문에 모든 것이 달라졌다고.)

이야기하며 인생길 선배인 양 조언을 했지만, 머리 좋고 속이 깊은 인격을 갖춘 청년은 내 말에 조금이나마 공감을 했을까.

가끔 그 청년이 생각났다. 세 번이나 회사를 그만둔

청년은 마음이 얼마나 복잡할까.

그 옛날 더벅머리 같은 모습으로 다리에 앉아 기타를 치던 동네 오빠처럼 상큼한 이 청년의 꿈이 펼쳐졌으면 좋겠다.

애진이와 그 청년과 함께 맛깔스럽고 푸짐한 백반을 한 상 놓고 우린 강진 막걸리를 한 잔씩 마시고 있다.

청년은 "아줌마 충주에 가락국수는 참 수상한 집이에요. 이곳에 아줌마가 앉아 있으니 이곳이 내가 다니는 단골집 같아요. 계산이 보이지 않아 돈이 필요 없어도 행복한 집 같은 그런 집 말이에요. 세상에 딱 하나 밖에 없는 하얀 종이 A4 용지로 지은 집 말이에요. 그 종이 위에 인생의 다른 집을 그리고 싶어요. 밥 먹고 돌아서서 배고프지 않고 술 마시고 아침이 되어도 허망하지 않은 마법 같은 집 같아요."

나무 위에 피고, 땅 위에 떨어져서 피고, 사람의 마음 속에 핀다는 동백꽃을 강진에서 만났다.

어린 시절 빨리 핀 꽃이 되지 못한 그 소녀로 다가와 나를 바라보고 있다. 그토록 먼 충주로 가서 동백꽃으로 살고 싶었던 소녀는 아직도 못다 이룬 꿈 하나 간직하며 살고 있지 않은가.

오롯한 길을 걷고 싶었던 그 청년은 『단골』이야기가 마무리 될즈음 본인이 원하는 국가연구원이 되었다며 찾아왔다. 어마어마한 경쟁률을 뚫고 합격되어서 통닭 한마리와 생맥주를 사왔다. 그 청년을 위해 축배의 잔을 들어 올렸다.

가다 보면 알게 되고, 살다 보면 이루어지는 꿈이 왜 그토록 애가 타고 목이 말랐는지…

강진에서 만났던 동백꽃 진한 향기가 충주 가락국숫 집까지 진동한다.

손님.
시인의 반성문

눈이 내리네라는 노래를 오후 내내 부르고 있다.

한 시절 눈이 산수유꽃처럼 곱다며 이곳에 와서 막걸리를 마시며 시를 읊조리던 시간들이 있었다. 답답한 날은 빗줄기를 꺾는다는 주인 여자의 상술인가 마법에 걸려 이 집을 내 집처럼 드나든다. 때론 내 흉을 부엌에서 제일 많이 본 사람이 이곳 주인 여자라는 것을 안다. 그러나 가끔 뜨거운 동태찌개를 끓여 따뜻한 쌀밥을 퍼주며 덤으로 막걸리 한 주전자까지 퍼주는 주인 여자는 우리 엄마 같다. '시인의 공원'에서 평생 노래를 부르며 살 것 같았는데 세월이 아주 수상하여 방역 수칙을 지키기 위해 지금은 그곳에서 노래를 부를 수 없다. 이 공원을 내 공원 아니면 주인 여자랑 공동명의로 이전을 하라는 사람들의 농담이 있었다. 그런데 그곳에서 이제 노래를 부를 수 없어서 주인 여자가 가락국숫집 처마 끝 작은 공간에 거리공연 자리를 마련해 주었다.

2022년 오후 4시 32분 눈이 내린다. 기타를 치며 아다모의 '눈이 내리네'를 부르고 있다. 주인 여자가 문을 찔끔 열며 나에게 투박한 접시에 간이 된 땅콩을 담아 툭 가져다 놓는다.

"땅콩 말고 소태 막걸리나 한 주전자, 노랫값으로 주소. 내가 돼지 껍데기랑 삼겹살 사 왔소. 애진이가 지금 부재중이요? 맨날 나를 챙겨 주더니 요즈음 손님 없어서 그런지 소홀해져서 슬퍼요. 난 이 가락국숫집에서 노랫값으로 얻어먹은 공짜 막걸리와 안주가 세상에서 제일 맛있는데 이제 그 맛이 사라져가니 별 재미가 없소."

주인 여자는 빙그레 웃으었다.

"그럼 이 집 문을 닫지 않으려 사투를 벌이고 있는 나를 도와주어야지요. 이 집 문을 닫으면 어디 가서 놀아요. 이 집을 살리려면 부지런히 맛있는 것을 가지고 와서 먹고 신나게 노래를 불러야지요."

눈발이 휘날린다. 시인의 공원에 가서 을씨년스럽게 느티나무 아래 서 있다. 내 청춘의 모든 이야기를 다 알고 있을 이 공원이 눈물겹게 고맙다는 생각이 든다.

이곳에서 장작불을 피워 놓고 노래를 불렀다. 어머니가 두 달 전에 하늘나라로 갔다. 한이 많은 사연을 안고 살아가야 하는 아들을 둔 어머니는 자나 깨나 자식 걱정이었다. 운명적으로 사람들과 만남과 헤어짐을 반복하면서 아들을 지켜본 어머니는 이곳 시인의 공원 국숫집 주인 여자에게 속에 있는 이야기를 하곤 했다. 나의 길에는 늘 어머니가 있어서 그렇게 힘들지 않았다. 시를 짓는 이상한 병에 걸린 내 옆에 어머니는 늘 밑반찬을 챙겨서 보냈다. 나는 어머니가 내 옆에 있는 처음이자 마지막 여자가 될 줄 알았다. 시인의 공원 찬 의자에 앉아 막걸리를 마시며 제일 가슴 아픈 여자 셋을 떠올려 본다. 몇 해 전 호숫가의 나만의 작은 집에서 노래와 시를 읊조리고 있는데 후줄근한 한 여자가 들어왔다. 인사말도 없이 그냥 무조건 요구했다.

"시인 아저씨 글을 하나 써주세요. 이혼 후 세 아이를 기르는 데 너무 힘이 들어요. 시인 아저씨가 유명한 사람이라 하대요. 아저씨가 우리 아들들에게 도움 되는 말을 꼭 써주세요."

그 여자는 머리끝에서 발끝까지 피곤함에 절어 있었다. 얼굴은 퉁퉁 부었고 낡은 운동화는 노동에 찌들어 있었다. 정신이 약간 이상한 여자가 아닐까. 무슨 지적 허영심으로 나에게 글을 부탁할까. 내키지 않아서 냉정한 표정을 지으며 말했다.

"아주머니 나는 무당처럼 글을 막 쓰는 사람이 아니에요. 다른 사람을 찾아가세요."

감나무에 대롱대롱 매달려 있는 마지막 홍시처럼 절박해 보이는 여자를 쫓아내듯 돌려보냈다. 시간이 지난 후 후회가 됐다. 정말 근사한 옷차림에 품위 있는 여자였더라면 그렇게 돌려보낼 수 있었을까. 아들을 위한 몸과 마음의 몸짓이었는데 뒤늦은 후회가 되어 오늘이고 다시 들려주기를 바라지만 여자는 돌아오지 않는다.

또 두 번째 여자는 어느 날 내 집 마당에서 잘 익은 자

두를 검은 봉지에 따서 담고 있었다. 그 아주머니를 보며

"아니 남의 집에서 무슨 도둑질을 하는 거요. 경찰에 고발해서 교도소 가고 싶으세요."

소리를 지르자 파랗게 질린 머리 묶은 여자가 애원했다.

"붉은 자두가 떨어져 있어서 아까워서요. 사실 우리 딸이 자두를 좋아하는데 자두를 사줄 돈이 없어서요. 죄송합니다. 한 번만 용서해 주세요."

감옥 운운한 말에 놀란 머리 묶은 여자는 자두가 든 검은 봉지를 자두나무 아래에 놓고 허겁지겁 달아나 버렸다. 두고 간 자두가 들어 있는 봉지를 보며 내가 너무 했다는 생각이 들었다. 딸을 먹이겠다는 봉지 속에는 정말 땅에 떨어져 물렁거리는 상한 자두가 가득 들어 있었다. 내가 들어오면서 그 여자가 놀라 자두나무 아래서 일어서는 모습이 자두 따는 모습으로 비쳤을 뿐이다. 자두가 익어가는 계절이 오면 나는 늘 도망치던 그 여자의 뒷모습을 생각한다.

세 번째 여자는 시청 공무원으로 재직하고 있을 때 만

났다. 한 여자가 어린아이를 손에 잡고 우리 사무실에 들어섰다. 아이는 무척 야위어 있었고 여자는 눈이 유난히 컸으며 빛이 났다.

"아저씨, 우리 남편이 이곳에 근무하는데요. 어떤 여자랑 바람이 나서 몇 달 동안 집에 들어오지 않아요. 우리 남편 이름은 김영오예요. 남편을 만나게 도와주세요. 우리 남편이 우리 아들도 무척 사랑하구요, 나랑 관계도 좋았어요. 그런데 어느 날 바람이 났어요. 그것은 바람이고요. 나는 우리 남편을 사랑해요."

"아주머니 사정은 딱하나 여기는 당신 남편 찾아 주는 곳이 아니에요. 빨리 나가세요."

억지로 무서운 얼굴을 하며 아기 업은 젊은 여자를 쫓아내 보냈다.

김영오는 이미 다른 곳으로 발령이 나버렸지만 그곳을 친절하게 가르쳐 주고 싶지 않아서다. 공직사회에 사생활에 비리가 드러나면 끝장이라는 것을 알아서 나도 모르게 그 젊은 아기 업은 여자를 내치고 김영오를 변호하고 말았다. 이렇게 숨어 있는 이야기를 느티나무에게

115

들려주며 막걸리 한 잔을 더 마신다.

90이 넘도록 내 곁에서 밑반찬으로 남아 있던 어머니는 어느 날 치매 증세가 심하게 나타나 그토록 가기 싫어한 요양원으로 보낼 수밖에 없었다. 어머니는 맛있는 것 사드시라고 자식들이 준 돈을 한 푼도 안 쓰고 가방에 모아 돌아가시기 전에 현금 삼백만 원을 내 손에 들려주고 가셨다. 돈이 있어도 못 쓰는 바보 같은 어머니를 가기 싫어한 요양원에 보낸 것을 후회한다.

'시인의 공원'에 앉아 이런저런 이야기를 들추며 우리 모두의 어머니는 장하고 위대하다는 생각이 든다. 가락국숫집 주인 여자 또한 아들과 딸을 위해 얼마나 바쁘게 살아왔던가. 그녀가 끓여 준 동태찌개와 뜨끈한 밥과 막걸리 한 잔 먹으며 눈오는 날 스스로 위로받는다. 하얀 눈발이 흰 머리카락처럼 거칠게 때론 포근하게 어머니 모습으로 와 닿는다. 모든 보이는 것들은 이 또한 지나갈 것이다.

단골

칸나

꽃이 되고 싶었던
서른아홉 봄이 가고 난 후
나를 꽃으로 보는 사람들이
싫어졌습니다.
한여름 쨍쨍한 해가 쏟아져
얼어붙은 가슴을 뜨겁게
덮어줄 거라는 말이
꽃진 자리라는 것을 알았습니다.
천둥 번개 치며 해가 떨어지더라도
꽃심에 불을 지펴 녹아내리는
서투른 사랑을
함부로 하지 않겠습니다.

주인.
이제 그만 오세요

점심장사 준비를 이제 내가 해야 한다. 세상을 흔들고 있는 감염병 유행으로 언니도 친구도 고향으로 돌아가고 나만 이곳에 덩그러니 남았다. 아무런 경험도 계획도 없는 감염병 유행은 텔레비전으로나 손님들 이야기로 전해 듣는다. 내 인생의 단골집을 지키기 위해 아니 살아남기 위해 나는 아침 일찍 출근하게 되었다. 안개 같은 어둠과 헤어지며 아침햇살을 맞으며 출근하는 것이 굳이 힘들다는 말을 하기 싫다. 이런 아침 풍경을 이곳에서 본 지가 오래 지났기 때문이다. 남들 보기에 잘 나간다는 가락국숫집 속내를 들여다 보면 구질구질하고 허약하지만 아침 밝은 햇살을 직접 가게 안으로 들여오고픈 마음이 간절하다. 등 따습고 배부르면 아무것도 못 한다는 것을 안다. 먹고살기 위해 어쩔 수 없어 이곳에 처음 왔을 때 두근거리고 쑥스러웠다. 하지만 세월이 흐르면서 희석되어 때론 당당함으로 이어진 듯했지만 시간이 많이 흘러도 문제 해결은 약하다는 것을 인정한다. 이런 나를 사랑한다. 코스모스처럼 흔들리긴 하지만 바람에 꺾이지는 않는다. 이런 내가 대견스러워 칸나를 좋아하게 되었다. 삼복더위에 더위 먹은 여자가 어느 날 떳떳하고 당당한 모습으로 피어있는 칸나를 보고 빨간 원피스를 샀다. 다시는 흔들리는 코스모스가 아닌 칸나가 되리라. 숱한 시간 속에 바람 따라 흔들리는 가냘픈 나의 어깨를 봤다.

나보다 먼저 온 낯익은 남자 둘이 우리 집 문 앞에 서 있다. 어디서 본 듯한 얼굴이 반가워 단골손님이라는 생각이 들었다.

"아줌마 이 집을 찾기 위해서 연수동 먹자골목을 얼마나 헤맸는지 아세요. 겉모습이 예전과 달라졌지만 금방 알아보겠어요. 아줌마 모습도 옛날 그대로네요."

"마스크를 써서 잘 못 알아보겠어요. 오랜만이네요."

　가게 문을 열자 바로 들어온 두 남자는 젊은 시절 이 집을 다녔던 이야기를 하며 약간 들떠 있었다. 많이 본 듯한 흰색 마스크를 쓴 남자가 재촉하듯 말했다.

"아줌마, 우리가 먹었던 돌냄비 국수 두 그릇과 김밥 한 줄 주세요."

"아직 준비되지 않아서요. 그리고 지금은 김밥을 하지 않아요."

"아줌마 대충 주세요. 그때 정말 맛나게 먹어서 그 맛을 잊을 수가 없답니다."

　흰 마스크를 쓴 남자는 크게 웃으며 자리에 앉았다. 어떻게 하나? 단골손님에게 냉정하게 해서는 안 된다. 뿌리치지도 못하고 망설이다가 어제 남아 있는 우동 국물이 있어서 부랴부랴 밀반죽을 꺼내서 면을 뽑아 삶기 시작했다. 남자들은 소주병을 꺼내서 맥주잔에 따라 마시며 큰 소리로 이야기를 시작했다. 아침에 출근해 청소하고 환기시키며 식탁을 닦고 마당을 쓴다. 국물과 밥을 안친다. 그리고 순서대로 당근, 파, 쑥갓 등 고명 올릴 준비를 하고 돈가스를 만들며 낮 장사 준비를 찬찬히 해야 한다. 열두 시쯤 주방아줌마가 출근하면 한숨을 돌리고 마음이 편해진다. 그런데 단골인듯한 손님들이 가게 안으로 들어와 주문했으니 아무것도 못하고 머리가 헝클어진 기분이다. 우선 먹기는 곶감이 달다고 요즘 같은 시기에 오는 손님을 무조건 받아야 한다는 말을 주변에서 하지만 준비할 시간에 손님을 받아버리면 준비가 되지 않아서 종일 일이 밀린다. 앉아 있는 손님이 시킨 돌냄비 가락국수를 완성해서 조심스럽게 나갔다. 요즈음 꼭 이십오 년 전 처음 국수를 끓이던 시절로 돌아간 긴장감이 돈다. 가게 안에 혼자 있다는 것이 약간 두렵고 겁이 난다. 뭔가 모르게 손님에게 쫓기는 생각이 들어서 이 시간을 싫어한다. 남자들은 이미 술 냄새를 풍겼다. 마스크를 벗은 남자들은 허우대는 좋으나 뭔가 나쁜 기억으로 인식된 것이 분명했다.

"아줌마 김밥은 안 주는 거예요."

검은 마스크를 쓴 남자가 큰 소리로 말을 한다.

"처음부터 김밥은 이제 안 한다고 말했는데요. 지난

여름 김밥 때문에 방송에서 난리가 나서 그냥 빼 버렸어
요."

검은 마스크의 남자는 불타는 눈빛으로 나를 노려보
았다.

"아줌마가 돈 벌었다는 소문이 자자하더니 지금도 장
사가 잘되나 보지요. 누구 마음대로 김밥을 안 해요. 배
가 부르나 봐요. 사람이 초심을 잃으면 안 돼요. 어디 두
고 봅시다. 머지않아 가락국숫집이 망할 거요."

검은 마스크 쓴 남자의 눈빛이 예전의 생각을 떠오르
게 했다.

비가 많이 오는 밤 사람들이 북적이던 가락국숫집에
서 열 명 정도 사람들을 데리고 와서 국수와 홍어 무침
김밥 술 등을 잔뜩 시켜 먹고 같이 온 사람들끼리 큰 소
리로 싸움을 하기 시작했다. 상을 둘러 엎으며 국수 그
릇을 던지며 싸움판을 크게 벌였다. 그때는 나를 보호해
야 한다는 것을 몰랐다. 그들이 빨리 가기만을 바라며
부엌 귀퉁이에서 고개를 숙였다. 나를 도와준 주방아줌
마들이 경찰에 고발하면 바로 경찰이 와서 해결해 준다

고 말했지만 우리 집에 경찰을 부르고 싶지 않았다. 경찰이 도와주어 평화를 얻을지 몰라도 누군가가 잡혀가서 벌을 받게 될까 봐 겁이 났다. 그냥 무사히 돌아가기를 바랐을 뿐이다. 하지만 그들은 결국 내가 좋아하는 도자기를 모아 놓은 원목장을 넘어뜨리고 말았다. 국수 끓여서 힘들게 장만한 정감 있는 찻잔과 인형들이 와장창 깨져 버렸다. 눈이 이글거리는 남자의 목소리는 하늘을 찔렀고 국숫집은 그날 일찍 문을 닫고 깨진 도자기 인형과 찻잔을 어루만지며 밖에 주룩주룩 내리는 빗소리에 가슴을 쓸어 담아야 했다. 우리 집에 와서 실컷 먹고 돈 계산도 안 하고 도망간 남자다. 만나고 싶지 않은 사람을 단골손님이라는 이유로 국숫가게 안에서 다시 만났다. 오랜 시간이 흘렀지만, 그 남자의 얼굴이 마스크 안에 있어 얼른 알아볼 수는 없었지만 그 눈빛은 예전과 다름없었다. 만나고 싶지 않은 사람을 다시 만난 날이었다. 김밥을 안 한다고 큰소리를 친 남자를 노려본다. '더 이상 당하지 않을 거야. 더 이상 봐주지 않을 거야. 더 이상 불의를 보고 가만히 있지 않을 거야. 나는 이제부터

흔들거리는 코스모스가 아니라고, 칸나가 되기 위해 빨간 원피스를 입을 거라고.'

"언니 오늘 날도 너무 좋은데 확진자가 정말 많이 나왔대. 충주에서 25명 제일 많이 나왔어요. 어떻게 해, 왜 이렇게 많이 나와. 무서워서 출근하기도 힘들어."

애진이가 밖의 소식을 듣고 문안으로 들어 왔다. 창밖의 밝은 빛이 유리창을 향해 빛을 내고 오래된 유리창 틈으로 칸나를 닮은 붉은 빛을 마구 쏟아내고 있었다.

손님.
곰탕 먹으러 갑시다

이곳에 오면 발걸음이 멈춰진다. '시인의 공원'에서 휴지를 줍는 나는 이상야릇한 집을 발견했다.

술집이 더 많은 연수동 먹자골목 이곳에 서정적인 이름을 달고 있는 '시인의 공원'이 참으로 신기하다고 생각했다. 그런데 이 근처에 있는 국숫집은 느티나무처럼 너절너절한 종잇조각들이 밖에서도 유리창 안에서도 나부낀다.

나라에서 운영하는 노인 일자리 창출의 소일거리로 한 달에 삼십만 원을 벌기 위해 푸른 조끼를 입고 두툼한 비닐봉지와 집게를 들고 거리로 나섰다. 아는 사람들이 보면 어쩔까. 체면 구기는 일이라면서 아들과 딸이 말렸지만 내 나이가 아흔두 살인데 세상에 누구의 눈치를 본단 말인가! 오래 살아서 나를 알아볼 사람들이 많지 않다. 아직도 젊은 여자 제자 셋이 나를 따라다닌다.

나는 인격과 품위를 갖춘 교장 선생님으로 통한다. 초등학교 교장으로 퇴임한 지가 30년이 되어간다. 한번 교장은 영원한 교장이라 했던가. 충주에서 제자들이며 같은 동료나 학부모들이 나를 교장 선생님이라 불렀다. 병석에 누워있는 아내도 항상 교장 선생님이라는 존칭을 썼다. 그 존칭이 어색하지 않게 내 이름표가 되어 살아간다. 어쩌다 휴지를 줍는 집게와 비닐봉지를 들고 다니느냐고 묻는다면 자신 있게 말한다. 살 것 다 살았고 나를 불러주는 곳이 있어서 출근 했노라 말하고 싶다. 나를 따라다니는 세 명의 여자 제자들과 국숫집을 들여다 보다가 그 앞에 떨어져 있는 신문을 집어 들었다. 날마다 글을 읽지 않으면 입에 가시가 돋는다는 말을 깊이 간직하며 살고 싶었다. 그래서 날마다 책을 본다. 초등학교 수준으로 멈추어버린 마음은 늘 밖의 세상이 궁금하다. 그 시절 퇴직금을 한꺼번에 타서 성서동에 건물 두 채를 샀다. 한때 그쪽이 충주 번화가라서 세도 많이 받아서 넉넉한 생활을 할 수 있었다. 그러나 세상의 변화는 한때 빛나던 시절을 거두어 가고 있었다. 연수동과 호암 택지개발로 성서동 건물은 낡았고 세가 잘 나오지 않는다. 아내는 치매에 걸려서 내가 날마다 돌봐야 한다. 오래 살다 보니 아내의 간병인이 되어 산다. 나라에서 노인 일자리 창출한다는 것을 알고 최연장으로 취직을 한 것이다. 몇십 년 만에 출근하는데 가슴이 뛰었다. 아이들이 소풍 가는 것처럼 밤에 잠이 오지 않았다. 아내를 간병인에게 세 시간 맡기며 시인의 공원으로 출근을 한다. 같이 다니는 제자들 셋은 65세가 넘은 할머니들이지만 내가 보기엔 새댁들이다. 이 중에 72세 짧은 파마머리를 한 여인은 내 첫 제자 홍영자이며 쪽머리를 한 여인은 김춘분이고, 또 한 여인은 66세의 젊은 고연주다. 이런 여인들과 휴지를 줍고 시인의 공원에 앉아 맑은 하늘을 보며 살아온 이야기를 한다. 이곳에 나와서 짧은 시간이라도 젊은 여제자들과 이야기를 나눌 수 있다는 것이 얼마나 재미나는 일인가. 하늘을 향해 다가가

고 있다는 것을 인지하면서

"내가 내일 출근하지 않거든 황천 간 줄 아세요."

하고 여인들에게 우스갯소리를 한다. 한여름 느티나무 잎이 툭 떨어지듯이 길게 살아보지도 못하고 죽은 사람들이 얼마나 많은가. 아흔두 살의 나는 아내 병원 갈 때를 생각해서 운전을 하고 있다.

나는 사서삼경을 읽고 붓글씨를 쓴다. 천자문을 줄줄 외우며 공자님 제자 되기를 원한다.

노인 일자리 창출은 나에게 가장 아름다운 인생 마무리 중 위대한 외출이다.

우연히 발견한 가락국숫집 앞에 떨어진 신문을 주워 보다가

"안녕하세요. 신문 보세요?"

하면서 경쾌하게 들어선 주인 여자를 만났다. 배낭을 메고 한 손에 비닐봉지를 들고 쓱 문을 열었다. 그 주인 여자는 우리에게 양촌리 커피 한 잔을 타 주며 힘들면 가게 안에 들어가서 먹으라고 한다. 가게 안은 수많은 종잇조각에 각자의 삶을 적은 낙서들의 천국이다. '세상에

이런 일이'라는 TV 프로에 나올 듯한 모습이다. 예상하지 못한 일들이 줄줄이 일어나는 기분이다. 주인 여자는 물과 커피를 제공하며 쉬어가라 한다. 신문을 보고 있는 나를 알아본 것처럼 느껴진다. 제자 홍영자가 내 소개를 아주 근사하게 하니 주인 여자의 호기심 천국인 눈동자가 빛난다. 이 집의 분위기는 모두 의문스럽고 수상하다. 이 집은 하루아침에 만들어진 것 같지 않다. 분명 주인 여자의 가슴 안에 품은 꿈을 평생을 통해 이곳에 쏟아놓았음이 분명하다. 날마다 주인 여자가 오기 전에 이 집을 기웃거리기 시작했다. 주인 여자는 긴 원피스에 머리를 틀어 올려서 서부영화에 나오는 주인공 같은 인상을 주었다. 꾸미지 않았지만 꾸민 것처럼 보였고, 수수해 보였지만 화려했다. 주인 여자에게 숨김없이 말했다.

"사장님이 걸어오면 거리가 등불을 켠 것처럼 아주 환해요. 사장님의 발걸음이 빛이 납니다."

나는 이런 말을 주인 여자에게 서슴없이 했다.

주인 여자는 수줍게 웃었다. 세상에 이런 환한 여인을 만나다니 가슴이 쿵쿵 뛰었다. 몇 번 얻어먹은 커피가 달고 달아 맛이 있었지만 장삿집에 아침부터 죽치는 느낌이 들어 큰 소리로 커피값 천 원씩을 드리겠다며 사천 원을 주인 여자에게 내밀었다.

"아니에요, 교장 선생님. 저는 정말 존경스러워요. 연세가 있으신데도 그렇게 건강하시다는 것이 믿어지지 않는답니다. 누구나 우리 집은 커피믹스는 공짜입니다. 그러니 부담 갖지 마십시오."

공손하게 사양하는 주인 여자에게

"그러면 이 집에 우리가 못 온답니다. 이렇게 가슴이 뻥 뚫린 집에 잠시 왔다 가면 얼마나 힐링이 되는 줄 아세요? 돈을 받지 않으면 이제부터 이 집에 올 수 없어요."

단호하게 말하는 나의 목소리에 위압감을 느꼈는지

"그러면요, 하루에 이천 원이요. 커피 한 잔에 오백 원씩 받을게요."

주인 여자의 합리적인 말에 우리는 모두 웃으며 합의를 했다.

하루하루가 즐거웠다. 휴지를 주우러 가는 것이 아니라 가락국숫집에 들어가 벽과 천장에 써 붙여진 글들을 읽어보노라면 관조의 세계에 들어온 느낌이다. 얼마나 멋진 글들이 쓰여 있는가. 이곳에서는 삶의 희로애락이 한 장 한 장 수놓아 있는 듯하다. 각자의 삶을 소중하게 아는 주인아줌마가 고맙게 느껴진다. 아무렇지 않게 평범한 얼굴로 평범한 생활을 하면서 사람들의 마음을 받아 준다. 쉬는 날이 빨리 가고 국숫집으로 출근하고 싶었다. 세 여인은 각자의 살아온 이야기를 꽃피우면서 울고 웃어댄다. 주인아줌마는 점심 준비를 하면서 여인들의 이야기를 귀동냥하고 있다.

꽃이 피었다 지는 시간이 꽤 길었다. 시인의 공원 느티나무 잎이 익어서 이제 떨어질 즈음 그 옆에 있는 단풍나뭇잎이 몽땅 큰바람에 떨어져 버린 일요일에 주인 여자와 함께 곰탕을 먹기로 약속했는데 긴 청원피스에 들꽃이 그려진 앞치마를 두른 주인 여자가 우리를 보면서,

"이제 우리 집에 오시면 안 되겠어요. 시청에서 민원이 들어왔답니다."

하면서 날벼락 같은 이별을 말한다. 누가 우리를 이 집에 못 가게 했을까. 주변 사람이 의심된다. 정신없이

출근하면 쓰레기 봉지와 집게를 들고 이 집으로 들어와 환상적인 분위기에서 달디단 커피를 마시고 있었으니 근무 이탈이 아닌가. 농땡이를 피우는 것도 하루 이틀인데 한 계절을 이 집에서 에어컨 틀어놓고 시원한 피서를 즐겼으니 이런 이별이 오고야 말았다. 한여름 밤의 꿈처럼 달콤했는데. 주인 여자는 아무 말도 하지 않고 문을 닫고 들어간다.

해고

싹둑 잘려 나가는 파가 되기 싫습니다
칡넝쿨의 질긴 인연으로 남고 싶습니다
썩어져 나간다는 것이 지독하게 무섭습니다
두텁게 절어 올린 소금 벽을 부수고싶지 않습니다
잘려 나간 회한을 보내고 돌아서서
칼자국이 난 몸을 어루만져봅니다.
녹슨 칼에 숫돌이 되고 싶었는데
손안은 따뜻하면서 쌀쌀맞았습니다.
입술은 달콤하면서 씁쓸했습니다.
품 안은 편안하면서 추웠습니다
푸성귀를 마저 썰면서
당신과 마주할 시간이 짧더라도
날 선 칼날 앞에 낯가리지 않겠습니다

주인.
그 다방에 들어설 때

　오백원짜리 맥심커피로 아침에 '그 다방' 문을 열기 시작한지 꽤 시간이 지났다.

　아흔두 살 먹은 할아버지의 홍영자, 김춘분, 고연주 제자들이 의자매를 맺은 것처럼 돈독하다. 할아버지는 제자들을 거느리고 환한 웃음을 웃는다. 할아버지는 커피믹스가 든 종이컵을 들고 가게 안에 손님들이 써 붙인 글들을 감상한다.

　"사장님, 이곳에 이덕상씨 시도 있네요. 이 분의 사모곡이 유명하지요"

　"네, 교장 선생님. 이덕상 시인님을 아시지요?"

　"그 사모곡 가사가 얼마나 좋은데요, 노래방에 가면

내 인생의 18번지요. 내일이면 이곳에 출근하지 않을지도 모르니까 내가 좋아하는 사모곡을 한번 불러 볼게요."

할아버지는 느티나무처럼 꼿꼿하게 서서 큰소리로 노래를 부르기 시작했다.

앞산 노을 질 때까지 호밋자루 벗을 삼아
화전밭을 일구시고 흙에 살던 어머니
땀에 찌든 삼베 적삼 기워 입고 살으시다
소쩍새 울음 따라 하늘 가신 어머니
그 모습 그리워서 이 한밤 지샙니다.
무명 치마 졸라매고 새벽이슬 맞으시며
한평생 모진 가난 참아내신 어머니
자나 깨나 자식 위해 신령님전 빌고 빌어
학처럼 선녀처럼 살다 가신 어머니
이제는 눈물 말고 그 무엇을 바치리까.
자나 깨나 자식 위해 살다 가신 어머니
이제는 눈물 말고 그 무엇을 바치리까.

가사 한 소절 틀리지 않는 목소리에 애환이 묻어있었

다. 사람의 모습은 늙어도 목소리는 늙지 않는 것일까.

이 노래를 들으면서 할아버지보다 훨씬 먼저 돌아가신 어머니 생각에 가슴이 먹먹해졌다.

버버리 머플러를 두른 연주 언니가 눈물을 흘리며 속상해하는 표정이다.

가슴 안에 들어 있는 어머니의 집으로 들어가 그리운 각자의 어머니를 만나본다. 이제 그 집을 자식 가슴 안에 남기고 돌아가야 하는 열차표를 손에 쥐고 있다고 생각한다. 할아버지를 보며 어쩜 우리 아버지처럼 왜소하지만 꼿꼿한 체구라 생각했다. 초등학교 아이들과 평생을 함께해서 그런지 착한 어린아이와 같은 표정이 있어서 나는 할아버지를 꼭 안아주고 싶었다.

내일이면 다시 못 만날 수 있다는 이별 선언을 하는 할아버지의 말은 누구에게나 해당하는 말이다. 억만년을 살 것처럼 때론 죽음을 잊은 채 억척스럽게 살아온 삶이 어쩜 허망하다는 생각이 든다. 할아버지의 구슬픈 사모곡을 들으며

"오늘 양촌리 커피는 제가 쏩니다. 골든 벨입니다."

약간 들뜬 표정으로 말을 했더니 할아버지와 그의 제자들은 박수를 친다.

아침 일찍 출근하기가 정말 싫었는데 할아버지 일행 때문에 '그 다방'을 개업한 셈이다.

삼복더위 때도 그 다방 손님들을 만날 수 있다는 생각에 신명이 나서 짱짱한 걸음으로 또박또박 꼿꼿하게 허리를 쭉 펴고 걸어온다. 할아버지가 좋아하는 꽃무늬 원피스를 입고 출근을 하면 할아버지와 그의 제자들이 나를 젊어서 멋있고 예쁘다는 말을 항상 한다. 사람이 자신보다 더 어린 사람에게는 늙었다는 이유로 기가 죽지만, 나보다 연세가 있는 분 앞에서는 젊어서 예쁘다는 말에 활기가 넘치게 된다. 너무 무더운 여름에 할아버지 일행들이 방학을 해서 출근하지 않았다. 세상 어느 곳에서 이런 깊은 샘물 같은 사람들을 만날 수 있을까. 한동안 많이 보고 싶었다. 시간 내어 곰탕 한 그릇 사주신다는 할아버지를 만나고 싶다.

오백 원짜리 커피를 파는 시간은 덧없이 빨리 흘러갔다. 더위가 가실 즈음 할아버지와 그의 제자들을 다시 만나 '그 다방' 문을 열었다. 할아버지는 조금 초췌한 모습이지만 초등학교 어린이처럼 귀엽다는 생각이 들었다.

"할아버지 보고 싶었어요. 우리 이번 주일에는 정말 곰탕 먹으러 가요."

왜소한 할아버지를 꼭 끌어안아 주었다. 그리고 그다음 날 민원이 들어왔다는 이유로 용기 없는 국숫집 주인인 나는 냉정하게 이별 선언을 하고 돌아섰다. 그리고 아침에 열었던 오백 원짜리 '그 다방'을 폐업했다. 간혹 용기 없는 국숫집아줌마를 원망할 것 같은 생각에 가슴이 아프다. 내일이면 나는 출근하지 못할지 모른다는 이별 암시를 할아버지가 하셨는데 세상 법에 따라 내가 감히 이별을 선언한 것이다. 마음 한쪽에는 사회적 거리두기를 위반하기 싫다는 얕은 생각도 있었다는 것을 고백한다.

할아버지가 가슴 아프게 불렀던 사모곡을 다시 불러본다.

손님·
백치미 코스모스

연희를 찾아 왔다. 그녀가 국수 장사를 충주에서 한
다는 소리를 듣고 깜짝 놀랐다. 내가 기억한 연희는 키
가 컸고 머리가 길어 늘 바람에 잘 흔들리는 코스모스 같
은 아이였다. 그녀는 배시시 잘 웃었고 따뜻하고 강한
눈빛으로 우리를 사로잡았다. 성요셉 중학교 동창인 연
희를 우리는 시인으로 불렀다. 항상 손에 책이 들려 있
었다. 약간 허스키한 목소리로 김상희의 코스모스를 불
렀던 그녀는 아침에 찬 이슬을 머금고 피어나는 코스모
스였다. 그를 찾아서 이곳으로 여행을 오게 되다니 꿈만
같다. 진밭뜰 감나무 집 딸인 그녀는 늘 단감을 가방에
넣어 와서 우리에게 주곤 했다. 연희가 준 그 단감 맛은

아삭아삭하며 시원하게 달아서 환상적이었다. 그 시절에 강진군 마량면에 살던 나는 학교 근처에서 고등학교 다니는 영현 오빠랑 자취를 했다. 연희와 문예반을 함께 하던 시절, 머리가 길고 집시치마를 입은 영화 속 주인공을 닮은 문에 담당 선생님을 만났다. 변애나 국어 선생님의 '앨비라 마디간' 영화 이야기에 우리는 흠뻑 빠져있었다.

서커스 춤을 춘 엘비라가 귀족 출신인 식스틴 장교와 사랑에 빠진다. 둘은 결국 현실을 버리고 사랑을 택해 탈영을 한다. 그 사랑을 훼방하는 추종자들을 따돌리고 둘이 도망을 간다. 간절하고 애틋한 사랑을 지키기 위해 꼭꼭 숨었지만 곡예사인 엘비라가 춤을 추고 싶어서 빨래줄을 매달아 놓고 춤을 추다가 고발당한다. 두 사람은 정열적이고 행복한 사랑을 간직한채 슬픈 죽음으로 끝나고 만다.

이런 내용의 영화 이야기를 국어 선생님께 듣고 연희는 이런 사랑을 하고 싶다며 먼 하늘을 바라봤다. 현실적인 사랑이 아닌 영화나 소설 속에 들어 있는 환상적인 사랑을 꿈꾸며 변애나 선생님을 닮아보고 싶었는지 주일 성당에 올 때는 긴치마와 노란 블라우스를 입고 나타났다. 그녀의 촌스러운 변신에 우리 오빠가 한마디 했다.

"네 친구는 왜 저렇게 아줌마 옷을 입고 다닌대?"

평소에 나에게 말을 잘하지 않는 오빠가 틈만 나면 연희에게 관심이 있는지 이야기를 하기 시작했다. 연희는 4킬로를 걸어 학교에 다녔기 때문에 학교 근처인 우리 집을 제 집처럼 드나들었다. 어느 날부터 연희가 우리 집에 오는 날이면 팥이 든 아이스크림을 오빠가 사왔다. 마량 집에서 보내온 용돈이 부족해서 힘겹게 살아가는 오빠가 무슨 돈으로 팥이 들은 아이스크림을 사오는지 모를 일이다. 나에게는 뽀빠이 과자 하나 안 사주었다. 그래서 나는 짠돌이 오빠라 불렀는데 연희가 오면 아이스크림을 먹을 수 있어서 덩달아 신이 났다. 연희는 아는지 모르는지 오빠 앞에서 어린아이처럼 배시시 웃었다.

"오빠, 나는 팥이 든 아이스크림이 제일 맛있어요."

평소에 잘 웃지 않던 오빠는 연희를 보며 입이 찢어지게 웃는다. 나에게는 잘 웃지도 않고 더없이 무뚝뚝한 오빠가 연희만 보면 슬슬 웃으니 은근히 질투가 나기 시작했다.

학교에서 선생님들 앞에서도 몸을 비비 꼬며 웃어대는 연희가 속없는 아이, 약간 모자란 아이처럼 보이기 시작해서 실실거리는 연희 별명을 백치미라 붙여서 친구들에게 퍼뜨리기 시작했다. 소문인 듯 실제 모습이듯 연희의 별명이 백치미 코스모스라 불려지기 시작했다. 이리저리 흔들리는 줏대 없어 보이는 연희는 내 안에 들어 있는 감정을 몰라서 나만 보면 웃어댔다. 천주교 학교라서 교과목에 종교 과목이 있어서 교리 공부를 하다가 영세를 받아 천주교 신자가 되고 싶었다. 하얀 미사보를 쓰고 영성체를 받아 먹으러 가는 친구들이 부러웠다. 연희랑 함께 교리공부를 해서 성당 신부님 앞으로 시험을 보러 갔다. 성당 안에 들어서니 외국 신부님이 서 계셨다. 예수님 모습으로 서 있는 신부님을 보며 나는 수녀가 되고 싶었다. 저렇게 멋진 신부님은 나에게 하느님이며 예수님이었다. 그 옆에 제단을 닦고 있는 수녀님은 꼭 성모님을 닮았다. '어서 커서 수녀가 되어 나도 이 은총 가득한 성당 안에서 살고 싶어요. 하느님 도와주세요.' 즉흥적인 기도를 한 후 고해실에 들어가 교리 시험을 봤다. 서툴게 외었던 주의 기도와 성모송, 사도신경 기도가 술술 나오기 시작했다. 단 한곳도 막히지 않고 단번에 합격을 하고 나왔다.

연희가 고해실에 들어간 후 십 분도 안되어 환하게 웃으며 나왔다. 연희의 웃음은 멈출 줄 모르며 재단을 향해 마구 웃었다. 신부님은 온화한 모습으로 다시 고해실에 들어와 교리 시험을 보기를 원했다. 걷잡을 수 없이 웃어대던 연희는 억지로 웃음을 참으면서 고해실에 들어갔고 또다시 웃으면서 나왔다. 세 번 정도 신부님과 고해실을 드나들다가 결국은 교리시험을 포기하고 다음 기회에 영세를 받기로 했다. 연희는 고해실 안에서 기도문을 외우면 웃음이 나와서 오줌이 질금 질금 나오도록 참을 수가 없었다는 말을 했다. 연희에게 일어나는 웃음 잔치는 백치미 코스모스라는 내가 지은 별명에 딱 맞아떨어진 것이다.

　내 마음 어느 귀퉁이에 연희의 집이 있었다. 그녀가 간간이 보고 싶었다. 그 흔들거리는 몸짓과 웃음소리가 어디에서 나를 보며 달려오는 듯했다. 연희를 좋아해 팥이 든 아이스크림을 맨날 사다준 오빠의 관심과 무관하게 웃어대는 연희의 천진스런 태도에 힘이 빠지고 있었다.

　장마에 오이가 크듯 날마다 쑥쑥 키가 자란 연희는 중3이 되어 우수반에 들어가서 공부를 했다. 문예반에서 만난 그녀에게 왠지 모르게 심통이 상해서 어떻게 하면 골탕 먹일까 궁리를 했다. 그녀가 변애나 선생님이 외우라는 시 오십 편을 줄줄 외우는 것이 싫었다. 군민의 날 백일장 대회에서 '숲속에서'라는 제목으로 글짓기를 했는데 나는 입선을 했고 연희가 군에서 장원을 했다. 그런 그녀가 미워서 군수상을 받아들고 온 논두렁 길에서 모르는 척 그녀를 논두렁 밑으로 밀어 버렸다. 오월 모내기해 놓은 논으로 떨어진 그녀는 교복이 온통 흙투성이가 되었다. 그때는 그것이 아주 위험하다는 것을 몰랐

다. 그냥 그 흙범벅이 된 연희가 우스워서 웃었다. 연희
는 아무렇지 않게 일어나 도랑물에 목욕을 하듯 흙을 씻
어 낸 후 분노의 목소리나 울음소리가 아닌 웃음을 택했
다. 나의 속셈을 모르는 친구들은 어쩔 줄 몰라 했고, 연
희는 내 실수라는 것으로 간주하여 아무 일 없었다는 듯
이 웃었다. 아직까지도 백일장에서 장원한 연희가 미워
억지로 밀어서 잘못했다는 말을 하지 않았다. 아니 앞으
로도 영원히 하지 않을 것이다. 속없이 웃어 백치미 코
스모스가 된 연희가 하얀 마스크를 쓴 시인의 공원에 앉
아 있는 나를 향해 달려온다.

주인.
나랑 수녀원에 들어가자

마리아 수녀가 나를 찾아왔다. 갑자기 가슴이 쿵덕거린다. 다른 친구가 아닌 수녀원에 들어간 마리아가 이곳에 왔다는 전화를 받고 시간과 공간이 무너진다.

마리아 수녀가 수녀원에 들어가기 전에 우리는 만난 적이 있다. 그녀는 강진 진밭뜰 집에 허리가 들어가는 꽃원피스를 입고 입술에 빨간 립스틱을 바르고 머리는 꼬불꼬불 파마를 하고 나타났다.

"연희. 우리 함께 수녀가 되자. 너 같은 사람이 수녀가 되어야 해. 나는 엉터리 수녀가 될 것 같고 너는 착한 성모님 같은 수녀가 될 것 같아. 중학교 시절에 우리가 영세 받으러 교리 시험 받던 날, 꼭 수녀가 될 거라는 하느님과의 약속 때문에 나는 수녀의 길을 가기로 했다. 그런데 혼자 가기는 싫어 물귀신 작정으로 너를 물고 들어가고 싶어. 제발 부산에 있는 수녀원에 너랑 나랑 가자. 나 혼자 가기에는 두렵고 무서워."

엉뚱하게 들이대는 마리아가 황당했다. 저렇게 야한 모습을 하고 나타나서 한 달 후에 수녀원에 들어가기로 했다는 말이 믿어지지 않았다.

"마리아야. 잘 생각해 봐. 수녀는 아무나 되는 것이 아니야. 순간의 감정이나 즉흥적인 생각으로 섣부르게 결정하는 것이 아니야. 네 인생에 가장 중요한 결정이라고."

마리아의 모습이 너무 야해 웃음보가 터져 또 마구 웃어대면서도 제법 진지한 말을 하고 있었다.

"네 웃음소리는 여전히 유쾌하구나. 가시내야 장난으로 수녀원에 가는 사람이 어디 있겠어. 하느님과의 약속을 지키기 위해 가는 거야. 수녀 하면 회색 수녀복, 화장하지 않은 청초한 얼굴, 조신한 몸짓, 평화스런 발걸음을 상상하고 있지. 고정관념을 깨야지. 속은 아주 복잡하면서 겉이 얌전하면 뭐하겠니. 나는 속은 고상한 천성적으로 수녀야. 겉과 속이 다른 수녀가 될 수 있다고. 내가 이런 멋지고 예쁜 옷을 입고 화장을 하고 와서 놀랜 것이지. 아휴, 이 내숭 가시내야. 한 달 있으면 수녀원에 가야 하니까 예쁘고 멋진 여자가 돼보고 싶었다. 그동안 초등학교 교사로 벌었던 돈으로 이런 멋을 내 본거야. 우리 오빠 친구인 지헌 오빠를 내가 짝사랑 했거든, 그 오빠랑 만나자 약속했어. 그 오빠랑 한 달간의 멋진 연애를 할 거야. 지헌오빠가 지금 강진 고등학교에 영어 교사가 됐어. 우리 오빠는 도청에 근무하고 있단다. 네 이야기만 나오면 멍하니 바보가 되어버린다. 아직도 너에 대한 감정이 살아있어. 너의 과한 웃음소리가 우리 오빠 가슴을 녹였던 것이 분명해. 나는 그 시절에 혹시 네가 우리 올케가 될까봐 은근히 걱정했다. 왜냐하면 너를 데리고 수녀원 가야 했거든. 그날 하느님과 약속을 할 때 너랑 함께 갈 거라는 맹세를 하지 않았다는 것을 얼마나 후회했는지 모른단다."

그 말을 하는 마리아 모습이 장난기가 가득해서 웃기 시작했다.

"마리아야. 나는 소설 같은 사랑을 해야 해. 영화에서 나오는 것 같은 환상적인 사랑 말이야. 내 영혼을 다 받쳐서 소설과 영화가 될 수 있는 남자를 만날거야. 땅 끝 머리에 있는 강진 사람 아닌 우물 안 개구리가 아닌 먼 곳으로 튈 거야."

그날 밤 우리 머리 위에 유난히 붉은 별들이 빛났다. 언덕길을 걸으며 길고 깊고 먼 이야기들을 마리아랑 나누었다.

시인의 공원 느티나무 아래 앉아 있는 마리아 수녀는 수녀복을 입지 않았다. 바람에 휘날리는 머리카락이 느티나무잎처럼 나부낀다. 꽃무늬 원피스를 입었고, 분홍색이 감도는 마스크를 썼다.

손님.
불친절한 주인아줌마

엄마가 그토록 그리워하는 충주로 여행을 왔다. 이십 년 전에 충주 연수동 시인의 공원 근처에 살다가 아빠가 강원도로 발령이 나서 우리 가족은 호반의 도시 춘천으로 이사를 가서 살게 되었다. 충주에 살았던 향수 때문에 늘 이곳에 오고 싶었다. 이 집이 전국적으로 유명해졌다는 소문을 듣고 충주 여행을 하기로 마음먹고, 그 시절 추억을 소환하며 찾아 왔다.

엄마는 시인의 공원을 들어서면서,

"이곳은 예전에 이름이 없는 그냥 연수동 소공원이었는데 저 국숫집아줌마가 시와 노래를 얼마나 좋아했는지 이름도 '시인의 공원'이라는 예쁜 이름을 달았구나.

저 프린스 호텔 사우나에 날마다 가다시피 했단다. 목욕
후 저 집에서 국수와 김밥, 돈가스, 쫄면, 김치볶음밥을
돌아가면서 먹었지. 그땐 나도 예뻤고 국숫집아주머니
도 새댁이었는데 프린스 호텔이 문을 닫고 이제는 흉물
이 되어 버렸다. 혹시 국숫집아주머니가 나를 알아보지
않을까. 그때 아줌마가 일요일에 가게문을 닫아서 일요
일에는 목욕 후 국수를 먹을 수 없다며 투정을 했더니 순
하디순한 아줌마가 일요일에도 문을 열었다. 그 후 나는
가슴이 아팠단다. 나 때문에 아주머니가 일요일에도 못
쉬고 고생하는 것이 아닌가, 이런 생각을 했단다."

엄마는 국수아줌마가 엄마를 기억해서 반갑게 맞아줄
것 같은 기대감에 차있었다.

문을 열고 들어오기 전에 낡은 플랭카드에 이런 시가
붙어 있었다.

봄

산꽃 한 무더기가
무명 저고리 안에서

151

피어나느라
가슴애피가 도졌다는
울 엄니는
화전을 부치러
뒷산으로 가셨다

　잔뜩 기대에 부풀어 국숫집 문을 열고 들어섰다.
　가게 안은 낙서 종이가 가득하다. 종이산이 된 것처
럼 보인다. 종이가 부자인 이 집 천장과 벽에서 종이 커
튼이 환풍기 바람에 나부낀다. 입이 저절로 벌어진다.
세상에 이런 집은 이 집뿐일 것이다. 주인아줌마 얼굴은
보이지 않는다. 음식 메뉴도 사람도 눈에 들어오지 않는
다. 빼곡하게 종이커튼이 살짝 살짝 내 마음을 움직일
뿐이다. 엄마는 식탁에 앉아 있다. 나는 이곳저곳을 헤
집으며 글을 읽어 보고 다녔다. 남녀노소 삶의 소리가
들린다. 아픔과 기쁨이 뒤섞인 인생사가 이 집안에 다
들어있는 듯하다. 안 먹어도 배가 부르다. 이곳저곳에서
국수, 돈가스, 홍어무침, 쫄면이 맛있다는 글이 아우성을
친다. 그저 그런 음식이라도 이런 종이 숲에 앉아서 먹

으면 웬만하면 다 맛이 있을 것 같은 믿음이 온다. 엄마는 그 시절 주인아줌마를 좋아하게 된 이유가 그 허름한 식당에서 물건을 시키면서 쌀, 밀가루, 고춧가루, 돼지고기 등을 최고로 좋은 것으로 달라는 말을 들은 후부터였다고 했다. 지나가는 우연한 말들이 진실이기 때문에 엄마 마음을 움직였나 보다.

글에 빠져 있는 나를 보며 엄마가 화가 난 듯한 얼굴로 뱉었다.

"은애야. 이 집이 변했네. 주인아줌마가 나를 보고 아는 체도 안 해. 저쪽 시인들과 어울려 나 같은 사람 쳐다보지도 않는다. 장사가 잘되어 사람이 변한 것 같아. 그때도 시인들하고만 친하긴 했지만 엄청 다정다감한 사람이었거든."

정말 주인아줌마가 예술인 비슷하게 생긴 동료들과 무슨 심각한 이야기를 하고 있는 듯했다. 나무 난로 위에 놓인 주전자에서는 생강냄새가 났고, 어수선한 시절이라서 그런지 손님들은 별로 없었다. 화가 난 엄마는 가락국수와 돈가스, 쫄면을 시킨다.

"엄마, 지금 주인아줌마가 힘드나봐. 엄마가 마스크를 벗으면 알아보실 거야."

주인아줌마는 개망초가 그려진 원피스를 입었고 분홍색이 감도는 마스크를 쓰고 우리쪽으로 가락국수 그릇을 들고 나온다.

엄마는 슬그머니 마스크를 벗어 탁자 위에 놓는다.

주인.
주인을 찾습니다

성서동에 있는 공설시장을 돌았다. 한때는 충주의 번화가였는데 그 많았던 사람들은 어디로 갔을까. 낯익은 가게가 '임대'라는 서운한 글을 달고 이 겨울을 견디고 있다. 언제 저 가게에 사람들이 다시 들어와 문을 열까, 복잡했던 그 시절이 참 좋았다는 생각이 든다. 그 시절에는 또 그런대로 불만이 있었다. 사업가의 아내로 살며 이 거리를 쇼핑하면서 많이 다녔다. 그땐 그것으로 만족하지 못했다. 지금와서 생각하면 어리석었다는 생각이 들지만 그때는 잘 몰랐다는 말로 합리화를 시키고 싶다.

시장 안 사람들을 유심히 바라보며 당신과 나의 삶이 이렇게 똑같아져서 나는 당신들이 친구처럼 편하다는 말을 하고 싶다. 그 사람들은 오만한 편견을 갖고 있는 나를 비난할지 모른다. 왜 그런 편 가른 생각을 하고 있느냐고, 그런 자격이나 있느냐며 나에게 덤빌 것 같다.

겨울 속에 자란 냉이와 달래, 봄동 배추를 사들고 터벅 터벅 걸어오는데 누가 아는 체 한다.

"누나 누나. 나요 나요."

노란 봉고 차 안에서 손을 흔드는 남자는 '태양을 향하여'라는 학원을 운영하는 윤 선생이었다. 차를 멈추며 무조건 타라한다. 검은 봉지를 들고 연수동까지 걸으려면 힘들 것인데 고마운 마음으로 봉고 차 안으로 들어갔다. 학원 아이들 전용이라서 풋풋한 아이들 냄새가 났다.

"어머나, 어떻게 나를 알아봤어요."

"누님을 어떻게 못 알아봐요. 충주에서 내가 제일 좋아하는 연희 누님을요. 나 힘들 때 누님이 운영하는 그 국숫집 막걸리를 마시면 힘이 저절로 솟아났지요. 서울에서 이곳으로 와 처음에는 정말 삭막했어요. 정붙이기가 힘들었는데 어느 날 학원 끝난 후 퇴근하다가 배가 고파 국수와 김밥을 먹었지요. 그리고 막걸리 한 사발, 그때는 누님 집에 천 원짜리 잔 막걸리가 있었지요. 그 막걸리 한 잔이 일에 지치고 힘든 나에게는 오아시스였지요. 그러다가 주전자 막걸리를 먹으러 다녔어요. 막걸리를 마시다가 이곳에서 사귄 친구들과 비가 억수같이 오던 날 밤 싸움을 하게 되었지요. 정치 이야기를 하다가 영호라는 친구랑 싸웠는데 식탁을 엎으며 몸싸움을 벌였지요. 누님이 울면서 내 코피를 닦아주며 싸움을 말렸지요. 경찰을 부르지 않고 평화롭게 화해를 한 후 누님에게 많이 부끄러웠어요. 그 후 아내와 아들과 함께 이 집에 왔지요. 누님은 나 따라 내려온 아내를 늘 마음으로 아껴주시며 개구쟁이 아들을 귀여워했지요. 돈을 벌기 위해 학원을 하는 것이 아니었어요. 몇 번의 사법고시 실패로 마음을 달래기 위해 내려와서 학생들을 위해 참교육을 하고 싶었던 소명감으로 학원을 운영했지요. 학부모, 학생 비위를 맞추는 것이 아니라 아내와 함께 진짜 선생님으로 교육을 하고 싶어서 많은 시간을 보냈지요. 어느 비 오는 날 수영식당에서 누나를 만났는데 친

구랑 먹은 고갈비와 돼지 두루치기, 막걸리 값을 내주고
갔지요. 그때 얼마나 고마웠는지 아세요? 그때 누님의
청원피스에 밀짚모자가 얼마나 멋있었는데요. 국숫집을
이렇게 끝까지 지키고 있어서 정말 감사합니다."

윤 선생은 언제나 나와 국숫집을 위하여 따뜻하고 달
달하며 정이 가는 이야기를 한다.

키가 훌쩍 크고 얼굴이 하얀 꽃미남 윤 선생과 보조개
가 들어가며 눈웃음을 늘 웃고 있는 사모님은 지방에서
살기에 아깝다는 생각을 많이 했다. 학원을 직업으로 삼
기에는 역부족으로 보였다. 두 분을 바라보면 돈이 보이
지 않았다. 셈을 하지 않는 선생님들이 어떻게 학원에서
밥을 먹을 수 있을까. 괜한 오지랖이 '태양을 향하여'라
는 학원을 걱정하고 있었다.

선하디 선한 두 부부에게 멋진 아들과 딸이 있었다.
세월이 흐르면서 사모님 얼굴에 때론 그늘이 드리운다
는 생각을 했다. 학원비를 받지 않고 어려운 학생들을
많이 도와주는 윤 선생의 '태양을 향하여'라는 학원은 빛
을 잃어가고 있었다. 세상 법에 따라 잘 적응해야 하는

데 맨날 학생들을 데리고 와서 국수, 김밥, 쫄면 등을 사주고 학생들과 잘 웃으며 이야기를 하는 윤 선생네 학원이 걱정이 됐다.

찬바람을 피하여 국숫집에 도착해서 커피 한 잔씩을 나누었다.

"윤 선생, 나는 이제 '태양을 향하여'를 바라보면 정말 가슴이 따뜻해지고 마구 태양을 향하여 달려가고 싶어요. 요즈음 어때요?"

윤 선생은 소년처럼 씨익 웃었다.

"맨날 적자라고 마누라가 그만 문 닫으라 해요. 그런데 내 자존심이 허락하지 않아서요."

"그러면 문 닫아요. 이제 사모님도 학교 선생님이 되셨고, 아들이 변호사 시험에 합격했지 않아요. 딸은 공무원 시험에 합격했고 윤 선생님이 하고 싶은 공부 다시 시작 하세요."

"아휴, 누님만 내 속을 알아주네요. 나는 처음부터 돈과 상관없이 태어난 사람이에요. 나는 공부하고 싶답니다. 나를 무능하다 할지 모르나 다시 공부해서 법조인이 되고 싶어요. 그리고 힘들고 가난한 사람 힘없고 빽없는 사람들을 위해 일하고 싶어요."

윤 선생의 마음에 또 다시 욕망의 불을 부추기는 느낌이 들었지만 한마디 거들었다.

"윤 선생 당장 학원을 내놓으세요. 돈은 아들과 사모님이 벌고 이제는 윤 선생이 하고 싶은 일을 하세요."

윤 선생 얼굴에 태양이 가득하다. 착하고 어진 윤 선생은 결국 "새로운 주인을 찾습니다"라는 플래카드를 우리 집 처마 끝에 걸었다. 그 자리는 윤 선생 아들이 변호사 시험에 합격했을 때 축하한다는 플랜카드를 걸었던 자리다.

술집에서

굵은 비 오는 날 가보고 싶은 집이 있다.
통나무 식탁 위에 꽂힌 장미는 술을 먹고산다.
한낮에 살 비빈 이야기가 꼬리를 물고 늘어나도
밤이 새도록 장미는 시들지 않는다
술잔에서 부딪힌 쨍한 소리가
흐르는 음악보다 시원하다
간지러운 목구멍을 진한 소주잔에 담그며
괜찮다는 말을 한다.
술술 나오는 너스레 앞에
장미 입술을 담은 여자가
얼멍얼멍한 스웨터를 벗는다

손님.
아버지의 비밀

우리 아버지의 단골집이었던 이 국숫집을 찾아왔다.

아버지가 남긴 일기장을 보니 국숫집 이야기가 적혀 있었다. 아버지가 돌아가시기 전에 쓴 일기다. 가슴이 아프지만 결혼할 남자친구랑 아버지를 생각하며 이곳을 찾아오고 싶었다.

─국숫집아줌마 여전히 예쁘시네요. 건강하세요.─ 이런 메시지를 보냈다. 그러나 국숫집아줌마는 답을 주지 않는다. 이제 내가 얼마 안 남았다는 생각이 들었다. 살아있는 동안 생을 정리하면서 잠깐 스치듯 지나간 충주 연수동 국숫집 여자가 보고 싶다.

마흔네 살 젊은 시절에 우연히 충주 수안보에 갔다가 허름한 국숫집을 지인들과 함께 들리게 되었다. 덕지덕지 글이 붙여진 너절너절한 가게 안 구석진 곳에서 한 여자가 책을 보고 있었다. 이런 분위기는 연출되었던 집 같기도 하지만 아줌마 희끗희끗 앞치마에 묻어나는 밀가루는 털어내지 못한 어린 시절 어머니를 생각나게 했다. 긴치마에 쪽머리를 하고 화장하지 않는 얼굴, 편해 보이지만 함부로 다가갈 수 없는 모습이다. 어린 시절 붕어빵 장사를 하며 우리를 키워내는 어머니에게서 나던 밀가루 냄새가 촉촉이 젖어 들었다.

"아줌마, 상술이 보이지 않아요. 정말 이러고 있는 모습을 서울에서나 부산에서나 다른 나라에서 찾아볼 수 없는 자연스러움이요."

나와 함께 온 지인들은 내 말을 그냥 입에 발린 말이려니 하는 눈치였다. 생밀가루 냄새가 나던 아줌마는 아무 말을 하지 않고 부엌으로 들어가 국수 가락을 뽑기 시작했다. 내가 우리나라에서 그런대로 잘나가는 대기업 사장이라는 존재감이 풀풀 날리는 밀가루처럼 느껴져서 마음이 가벼웠다. 같이 간 사람들은 이런 허름한 집에서 먹은 국수가 혹 내 마음에 들지 않을까 내심 걱정한 눈치다. 밤은 깊어가고 물소리에 딸그락거리는 그릇소리가 시냇물소리처럼 들려 왔다. 어머니의 한숨 소리처럼 느껴졌다. 어머니는 서울 동숭동 대학로에서 먹고 살기위해 붕어빵을 팔았다. 검은 무쇠빵틀에 살아있는 붕어집이 있었다. 질질 흐르는 밀가루 반죽을 붓고 검붉은 팥을 숟가락으로 떠 넣으면 토실토실한 붕어빵이 되어 나왔다. 어린 시절 그 붕어빵을 건져낸 붕어집 옆에 묻어있는 빵부스러기를 주워 먹을 때 얼마나 맛있었는지 모른다. 어머니는 이런 나에게 붕어빵을 딱 한 마리만 준다. 우리 일곱 가족의 밥줄이 달려 있었던 붕어빵을 생각하면 이 집 밀가루 냄새가 어머니 품에서 나는 것처럼 느껴진다.

우리 엄마처럼 저 아줌마도 밀가루 국숫발을 목숨 줄처럼 질기게 끌어안고 있을 것이다.

남루한 이 집에 별이 쏟아질 만큼 뭔가를 선사하고 싶다. 같이 간 직원에게 아줌마가 필요한 것이 무엇이냐고 물어보라 했다. 대답은 돌아오지 않았다. 허약해 보이지만 비굴하지 않은 자존감을 가진 아줌마 집에서 마주한 찌그러진 노란 양은 냄비에 담긴 국수와 정종 한 잔이 마음을 뜨겁게 덥혀 주었다. 충주 연수동에 이름 없는 국숫집에 어머니를 닮은 여자가 국수를 끓인다.

젊은 날 서울에서 답답하면 직원들을 데리고 이곳을 찾아오곤 했다. 그러나 이제 몸이 상해서 그 집에 갈 수가 없다. 그러나 아줌마전화 번호가 내 핸드폰에 저장되어 있어서 문자를 보내본다. 문자를 열어보지 않은 국숫집아줌마가 역시 멋있다. 여러 나라 여행을 했지만 어느 가을밤에 우연히 들어섰던 국숫집 풍경을 잊을 수 없다.

그때 기억이 생생해서 핸드폰을 아직 놓지 못한다. 이 핸드폰을 그만 놔야 할 때가 멀지 않았다.

－국숫집아줌마가 끓어준 뜨끈한 국수 국물이 그립습니다. 부디 건강하세요.－

아버지는 이런 글을 일기장에 남겼다. 그냥 낙서처럼 쓴 글을 복사해 왔다. 글 내용에 들어있는 아줌마는 그럴듯한 매력이 넘친 것은 아니지만 어딘지 모르게 비현실적인 모습이다. 아버지가 반했다던 국수를 남자친구랑 먹었지만 별 감흥이 일어나지 않는다. 아줌마에게 이 글을 직접 주지 못하고 슬그머니 탁자 구석에 놓고 간다.

아줌마는 코로나 시절, 손님들에게 안심콜에 전화하라는 말을 어설프게 한다. 과연 우리 아버지의 진실을 저 아줌마는 알고 있을까. 아버지 본인상이라 메시지를 아버지 핸드폰으로 보냈지만 역시 열어보지 않은 무심한 아줌마다.

주인.
느티나무의 밀회

검은 마스크를 쓰고 왔다가 음식을 먹고 난 후 마스크를 다시 쓰고 나간 아가씨 뒷모습이 왠지 허전해 보인다. 사람들이 북적이던 시절의 복잡한 우리 집이 그립다. 구름은 모였다, 흩어지듯이 한때 그토록 많이 몰려왔던 사람들이 바람처럼 사라졌다 .

－나도 지나가는 누군가 바람입니다.－가게 안에 붙은 글을 보며 애써서 허무한 인생사를 생각한다. 머리가 긴 서울아가씨 뒷모습에서 왠지 가슴 에이는 바람 같은 허망함이 느껴지더니 아가씨가 놓고 간 아버지의 일기를 보며 깜짝 놀랐다.

밤늦게 서울에서 운전기사와 친구들을 데리고 와서

국수와 정종을 가끔 먹고 간 남자가 생각났다. 주방아줌 마와 나는 그를 수상한 남자라 불렀다. 돈 많은 사람 같은데 서울에도 맛있는 음식들이 얼마나 많은데 이렇게 허름한 우리 국수를 먹으러 밤에 여기까지 온다는 것이 이해할 수 없었다. 약간 긴 곱슬머리에 울 머플러를 두르고 야상점퍼를 입었다. 처음 온 날은 물방울 넥타이가 잘 어울리는 정장을 입었고, 그 후는 자유분방해 보이는 차림새가 예술인처럼 느껴졌다. 한동안 안 보이다가 가을과 겨울 사이에 나타나곤 했다. 우리 집을 좋아한다는 것은 좋으나 내가 어머니를 닮았다는 남자의 말은 마음에 들지 않았다. 나이가 많이 들어보이고 만만하게 보인다는 생각이 들어 그 남자와 눈을 잘 맞추지 않았다.

눈이 펑펑 쏟아지는 밤에 그 남자는 술이 많이 취하여 운전기사와 우리 집에 왔다. 주방아줌마와 나는 눈을 따라 들어온 손님들 음식을 하느라고 정신이 없었다. 왜 저렇게 먼 곳에서 눈 오는 날 우리 집까지 오는지 길도 미끄러운데 오히려 걱정이 됐다. 우리 집을 너무 과하게 평가하는 것도 그 시절에는 싫었다. 좋은 차에 명

168
단골

품 옷을 폼나게 입고 온 서울 손님이 정말 수상한 남자처럼 느껴지기도 했다. 사업을 하다가 망하여 이곳에 떨어진 나는 사업해서 잘나가는 사람들에게 약간의 열등의식을 느끼고 있었다. 자신이 없어서 나보다 잘나 보이는 사람들을 가깝게 하고 싶지 않은 피해의식이 분명 있었다. 지금은 말할 수 있지만 그 시절 직책이나 명예가 높은 사람들 앞에서 굽실거리기 싫다는 듯이 손님으로만 말없이 대했다. 가끔 손님들이 나에게 거만하다는 말을 했다. 지금 와서 생각하면 부질없다. 얼마나 고마운 사람들인가. 나보다 국숫집을 더 사랑한 사람들이 그 시절 그렇게 있었다.

눈은 속절없이 내리고 주방아줌마와 나는 일에 지쳐 있는데 운전기사가 수상한 남자를 억지로 시인의 공원 앞 프린스 호텔로 데리고 갔다. 조금 있으니까 운전기사가 나랑 이야기를 좀 하고 싶다고 했다. 아무 생각 없이 시인의 공원으로 갔다. 그날 밤 앙상한 느티나무 위에 눈꽃이 활짝 피었다. 감색 정장을 깔끔하게 입은 운전기사가 깍듯하게 고개를 숙였다.

"우리 사장님이 이 가게에 필요한 선물을 하고 싶어 한답니다. 그냥 순수한 마음으로 이 집을 위해 리모델링을 운치 있게 해드리고 싶답니다. 찬물에 설거지하고 화장실 가는 길이 길어서 힘드니 모든 비용을 투자해서 도와드리고 싶답니다. 아무 조건이 없이. 우리 사장님이 이런 저런 좋은 일을 많이 하신 분이라서 국숫집에 배려를 하고 싶은 것입니다. 일 끝나고 사장님이랑 호텔 로비에서 차 한 잔 하시면 안 될런지요."

펑펑 쏟아지던 눈송이가 바람을 타고 휘휘 날리니 느티나무 가지 위에 눈꽃들이 와르륵 내 몸으로 떨어졌다.

"아니요. 저는 있는 그대로 우리 집이 좋답니다. 우리 집도 아니고 주인이 따로 있어요. 저는 그냥 이렇게 국수를 끓일 것이에요. 우리 집이 누추하다는 생각이 들었나 봐요. 오해하신 것 같아요. 성의는 고맙지만 사양합니다."

차갑고 거칠게 거절하며 돌아서는데 묘한 생각이 들었다. 고맙다는 생각보다는 불쾌감이 앞섰다. 그 후 그분이 나타나면 괜히 어색한 생각이 들어서 눈을 마주치지 않았다. 넓디넓은 서울에서 속없이 밤이슬 맞으며 충주 연수동으로 마실 나온 남자라 생각했다. 부엌 주방아줌마는 그 분만 오면 눈이 반짝거렸다. 운전기사가 주방아줌마에게 밤에 일하느라 힘들다며 택시 타고 가시라며 십만 원짜리 수표를 앞치마에 넣어 주었다. 이렇게 눈 오는 겨울밤 서울 손님이 다녀 가곤 했다. 시대가 이렇게 힘들어서 오시지 않나 했더니 돌아가셨단다. 단골손님이 이렇게 하늘나라로 갔다. 자신의 죽음을 알리는 듯한 메시지에 뒤늦은 답을 이렇게 적고 있다.

생을 반죽한다

머리끝에서 발끝까지 밀가루 범벅으로 지내는 시간
밀가루 포대를 뒤집어서 쓰면 생 밀가루가 되는 날
등줄기에 끈적한 땀방울이 서로 뭉치고 얽히어 섞인다
곰표 밀가루 포대 속에 웅크리고 있는
하얀 입자들이 서로 맨살을 비비며
때론 눈물로 때론 땀방울로 간을 맞춘다
뭉칠 수 없어서 애달프고, 흩어져 있어서 서러운 날
대들 수 없어서 억울한 날들을 소금물을 풀어 치댄다

손님.
그 곳에 도깨비가 산다

이 집에는 도깨비가 살아서 국수가 맛있다고 말하고 싶다. 같은 재료로 음식을 만들어도 맛이 다르고, 각자 삶의 맛이 다르기 때문이다. 문을 여는 날부터 30년 가깝게 드나들었다. 연희가 힘들게 국숫집을 열고 밀가루 포대를 뒤집어 쓴 것처럼 어설프고 어색해 보였던 날을 기억한다. 연희는 무섭고 부끄럽고 기가 막혀서 개업식도 안 했는데 우리가 신부님을 모셔와서 억지로 축성을 받게 했다. 가게 안의 묵은 벽지가 천장에서 무너져 내릴 것 같았다. 연희랑 문학모임을 하며 살아왔는데 그녀가 갑자기 어린 자식을 먹여 살리겠다며 탁자가 네 개 놓인 실내 포장마차 문을 열었다. 우리 모임 친구들은 깜짝 놀랐다. 어떻게 하면 도움이 될까. 잠을 못 이루며 걱정을 했다. 연희가 제일 존경하는 연 신부님과 수녀님 두 분이 오셨다. 이 집이 육신의 양식과 영혼의 양식을 먹고 가는 집이 되어 달라며 스텔라 수녀님이 기도했다. 그냥 지나치게 들리지 않았다.

연 신부님은 연희에게 강복을 주면서 "못될라 해도 잘 될 것입니다" 기도했다. 이런 기도문은 처음 들어봤다. 오래 묵은 집에 연희가 살아갈 수 있을까 걱정이 되어 닭띠 친구 몇 명은 돌아가면서 기도와 설거지를 해주었다. 한번 물으면 놔 주지 않은 설거지 집이라는 말을 할 정도로 설거지 마치고 돌아서 집에 갈려고 하면 또 설거지가 산더미처럼 쌓이곤 했다. 연희는 일주일 연수를 받고 직접 요리사가 되었다. 율리안나 친구가 가게를 열게 도와주어서 여간 고마운 게 아니었다. 시간만 나면 나는 국숫집으로 발길이 간다. 시간이 흐를수록 그곳이 편해졌다. 성당과 국숫집, 시인의 공원에 가는 것이 나의 일과가 되었다. 시인의 공원에 앉아 느티나무와 함께 속삭이며 연희를 데려와 휴식을 취하게 하는 것이 나의 목적이었다. 밤낮을 가리지 않고 국숫집에 충실한 연희의 가슴 속에 들어 있던 열정이 어디서 나올까 궁금했다. 내가 알고 있는 평상시 연희는 동작이 느린 편이며 말이 없었다. 문학 모임에 나와서도 새침데기처럼 말을 하지 않고 남의 말만 잘 들어서 내숭이라는 말을 듣곤 했다. 이곳에 나오기 까지 얼마나 마음고생을 했을까. 동갑내기 셋이 늘 그녀를 위해 기도하며 국숫집을 내 집처럼 드나들었다. 이제 연희가 가정을 지키기 위해 국숫집을 하는 것이 아니라는 생각이 든다. 국숫집을 지키기 위해 온갖 힘과 열정을 쏟고 있는 것 같다. 충주 화가 친구가 사랑이라는 심오한 사과 그림을 국숫집에 기증했다. 장미꽃 위에 피어나는 붉은 사과가 환상적이다. 나는 전시회 때 좋아서 구입한 파란 사과 그림을 이 집에 기증한다. 연제식 화가 신부님이 기증한 산그림 옆에 내 풋풋한 우정의 사과가 걸려 있다. 좋은 것은 나만 보는 것이 아니라 함께 보는 것이다. 지금은 마스크를 쓰고 들어와도 국숫집은 썰렁하다. 그렇게 많았던 사람들은 어디로 갔을까. 연희는 마스크를 쓰고 이리저리 음식과 서빙을 함께한다. 밖에서는 기타 치는 시인아저씨가 '눈이 내리네'라는 노래를 부른다. 머지 않아 봄이 올 것이다. 평생 내가 좋아하는 하느님은 언젠가는 우리를 공포와 긴장감에 떨게 하는 감염병을 훅훅 날려 버릴 것이다. 그리고 연희네집 국수 가게는 환한 빛이 들어올 것이다. 동갑내기 화가 친구와 내가 기증한 사과 그림이 엄청 유명해져서 율리안나 화가는 돈방석에 앉을 것이다. 연희는 너그러운 얼굴에 미소를 담고 나랑 문학 이야기를 할 것이다. 이렇게 국숫집 공간은 연희 것만이 아닌 우리 것이 돼가고 있다.

주인.
동선을 찾아서

    보건소에서 전화가 왔다. 우리 가게에 코로나 확진자가 왔다 갔기 때문에 역학조사를 하러 온다는 것이다. 토요일이라서 어둠이 내리는 저녁에 친구 은영이랑 문학과 밥 사이를 놓고 현실과 동떨어진 이야기를 하다가 깜짝 놀랐다. 텔레비전 뉴스에서 들은 이야기가 겁은 났지만 아주 멀게 내 일이 아니라 생각했다. 점점 확진자가 많아지자 아르바이트생이 어머니가 위험하다며 그만두었다. 주방아줌마 애진이가 잔뜩 겁을 먹고 있어서 가게를 어떻게 해나갈까 걱정인데 날벼락이 떨어진 것이다. 동선을 밝혀서 카톡에 올라오면 넓지 않은 충주에서 낙인이 찍혀서 어떻게 장사를 할 수 있을까. 무엇보다 그동안 눈물과 땀으로 일구어온 국숫집에 치명타라서 가슴이 더 세게 두근거리기 시작했다.

모든 것을 받아들이자. 드디어 이제 국숫집 문을 닫을 시간이 왔나 보다. 몸과 마음과 행동이 멈춤을 향하여 있었다.

보건소 직원 여자 두 분과 남자 한 분이 문을 열고 들어섰다.

"놀라지 마세요. 우리 일에 협조만 잘하면 됩니다. 엊그제 이곳에서 치즈돈가스 먹은 고등학생이 확진 판정을 받았답니다. 그래서 그 시간에 이곳에 있었던 손님들과 사장님과 종업원들 역학조사를 합니다. 거짓말을 해서 혼선을 빚게 하면 안됩니다. 여기 CCTV 돌려 보겠습니다. CCTV 돌리면 모든 것을 알 수 있습니다."

보건소 남자 직원의 말은 차분하고 민첩하게 들렸다. 전쟁터에서 단단한 적과 싸우는 중에 인원 파악, 아니면 사태를 점검하러 온 사람들처럼 철두철미해 보였다.

CCTV를 점검해 보니, 보름 전부터 꺼져있었다는 것이다.

손발이 떨리고 가슴이 답답해져 왔다. 가게 안에 사람들을 들여다보는 반짝이는 감시카메라가 싫었지만 현실에 적응하느라 CCTV를 설치했는데 진짜 그 기능이 필요할 때 먹통이었다. 이유는, 얼마 전에 알바생이 그만두면서 주방에서 문 쪽으로 계산하러 다니기가 멀어서 계산대를 부엌 쪽으로 옮기는 바람에 CCTV 전기선이 헐렁하게 뽑혀져 있었기 때문이었다.

보건소 직원들은 난감해 하면서 그러면 가게 안에 있었던 손님들 모두 확진 검사를 받아야 하니 그 시간대에 있었던 손님들의 동선을 시청 카톡에 올린다는 것이다. 마음을 내려놓았다는 생각은 어디로 가버리고, 국숫집이 감염병을 널리 일으키는 곳처럼 알려진다는 시름에 잠겨 있는 나에게 친구 은영이가 차분한 목소리로 말했다.

"그 시간에 나도 여기 있었는데요. 손님이 두 팀밖에 없었어요. 그 시간 이후 이 집 문 닫을 때까지 손님이 한 팀도 없었어요. 그 시간대에 두 팀을 기억해요. 저쪽 자리에 한 팀, 이쪽 앞자리에 한 팀, 그리고 주방아줌마는 주방에 우리는 이 자리에서 밥을 먹었답니다. 그 학생이 치즈돈가스를 저 자리에서 먹었습니다. 제가 정확하게 엊그제 오후 다섯 시 풍경을 그립니다."

평소에 조리있게 말을 잘하는 예쁘고 착한 친구의 말에 보건소 직원들은 고개를 갸웃하다가 엊그제 날짜로 카운터 기계에 그 시간대를 검사했다. 은영의 증언대로 두 팀과 치즈돈가스 먹었던 학생의 카드를 확인하고 난 후 그 시간에 먹었던 두 팀에게 전화해서 확진 확인 조사를 받으라 했다. 그리고 앉아 있었던 테이블 번호가 은영이 말한 것과 같아서, 거리 간격을 띄엄띄엄 앉아서 안심한다는 결론을 내렸다.

좀처럼 누그러지지 않은 가슴을 쓸어내리며 은영과 부둥켜 안으며 천만다행이라며 펄쩍펄쩍 뛰었다. 조금 있으니 하얀 방역복을 입은 남자 두 분이 가게에 들어와서 방역을 하기 시작했다. 문을 닫은 후 떨리는 가슴을 가라앉히며 은영 남편이 사준 삼겹살에 청하 한 잔을 달디달게 마시며 회포를 풀었다. 조금 진정이 되니 우리 집에서 치즈돈가스를 먹었던 학생이 걱정됐다. 그 학생 때문에 우리 집에 소동이 벌어졌다며 원망도 했는데 왜 그 학생의 건강은 물어보지 않았을까. 그 학생의 동선이 인터넷에 뜰까 봐 걱정만 했던 자신이 한심스럽고 비겁하다는 생각이 들었다.

그 뒷날은 일요일이라서 가게 문을 닫고 은영이랑 보건소에 가서 확진 검사를 받았다. 길게 쭈욱 늘어선 사람들은 한결같이 겁에 질려있었다. 충주 시장이 야윈 얼굴로 보건소에 나왔다. 비상시를 알리는 노란 잠바를 입고 수고 많으시다며 밤에 잠을 설치며 이 난국을 극복해보려 노력한다는 말이 왠지 믿음직스럽고 안심하게 했다. 혼자만의 비상사태가 아니라는 생각이 들었다. 힘든 시절에 시장은 우리 집에 가끔 들려서 오징어덮밥을 먹었다. 소박한 스타일의 조 시장은 이 어려운 시대에 서민들의 삶을 직접 헤아리기 위해 우리 집으로 왔다는 생각이 들었다.

－소주 없는 국숫집을 감당할 수 있나요－

－행복 먹으러 왔습니다－

우리 집에 붙여진 이런 글들이 마음에 와닿는다는 말

을 진지하게 했다.

어제 만났던 보건소 직원을 만나 급하게 인사하며 치즈돈가스를 먹었던 학생의 안부를 이제야 묻는 자신이 부끄러웠다. 치즈돈가스를 먹었던 학생이 아무 탈없이 건강해지면 다시 친구 은영이랑 우리 가게에 와서 치즈돈가스와 국수까지 함께 먹을 것을 약속한다. 하마터면 큰일날 뻔했다며 은영이랑 커피를 마시며 낮에 만났던 충주시장이 써 붙인 글을 다시 한번 읽으며 위로를 받는다.

ㅡ행복한 국숫집 생각하고 생각하다가

읽고 또 읽다가

오늘 문득 찾아왔네

그 집!

2017년 충주시장 조길형ㅡ

후기

난 추억하리!
시인의 공원 느티나무 앞
청앞치마 입고 가락국수 끓이며
손님들이 놓고 간 이야기를 꿰어
보석 목걸이를 만드는 여자를

느티나무에게 속상한 이야기를 퍼부어대고
가락국수가 끓는 물속에는
얼굴이 보이지 않는다는 여자가
우려내는 국숫집의 전설을

먼 훗날
누군가와 막걸리를 마시며 이야기할 것이다
그 여자가 보고싶다고

손님.
아홉 시에 떠나요

주인 언니, 이제 정말 그만두어야 할 것 같아요. 오미크론 전염병 확산 후 점심시간에 손님 몇 테이블 왔다 가면 종일 조용해요. 이렇게 손님이 없으니 내 인건비는 어디서 나와요. 이제 이 집을 떠나야겠어요. 물론 언니가 이 집을 지키기 위해 온갖 힘을 다 쓰고 있는 줄 아는데 사람을 써서 버틸 필요가 있을까요. 손님이 오지 않아서 이 집이 싫어졌어요. 사람 사는 집에 사람이 들어오지 않는다는 것은 망했다는 징조예요. 아니, 현실이에요. 이제 주인언니도 현실을 알아야 한답니다. 이 집에 처음 왔을 때가 지난 해 2월이었지요. 주인언니 혼자 할 일이라고 주방아주머니가 그만 둔 후 혼자서 도저히 할 수 없다며 사람을 구하셨지요. 그때만 해도 언니는 꿈이 있었지요. 백신이 나오면 감염병이 사라질 거라는 큰 꿈을 가지고 의연하게 버티셨지요. 그런데 그 꿈은 작년 봄, 여름, 가을, 겨울이 지나도 이루어지지 않았어요. 어쩌면 저렇게 손님이 들어오지 않아도 태연할 수 있을까, 처음에는 주인언니가 참을성이 많아서 복을 받았나보다 생각했지요. 이 집은 아주 오래전부터 단골집이었지요.

성서동에서 내가 국밥집을 했거든요. 24시간 문을 열고 어린 아들을 업고 국밥집을 했지요. 어린 아들이 크면서 시인의 공원 앞에 있는 국숫집으로 국수와 김밥을 먹으러 왔지요. 그때 주인 언니는 질끈 머리를 묶고 꽃무늬 원피스를 입었으며 눈이 참 크고 맑았지요. 어떻게 저런 분이 이런 일을 할수 있을까 생각했지요. 가게 안에는 사람들이 바다와 산을 이루고 공원 느티나무는 주인 언니 집을 슬그머니 들여다보며 주인언니를 응원했어요. 나도 저 언니처럼 살 수 있었는데 아이가 어려서 내 날개를 펼 수가 없더라고요. 국물을 좋아하는 나는 국밥집을 하다가 접었지요. 아이 데리고 24시간 영업을

할 수 없었지요. 연수동으로 사람들이 몰리는 바람에 성
서동이 요즘처럼 썰렁해져서 떠날 수밖에 없었어요. 나
는 세상에서 제일 아쉬운 게 남편이 아들을 남겨 놓고 돈
많고 예쁜 여자 따라 가버린 것보다 국밥집을 억지로 접
었다는 것이 더 속상해요. 언제나 때가 주어진다면 나는
맛깔스럽게 깍두기를 담가 세상에서 제일 맛이 있는 국
밥집을 할까 해요. 이 집에서 국수 국물 맛나게 내는 법
을 배웠으니 어쩜 국수와 더불어 얼큰하게 속 풀어지는
국밥집을 하고 싶어요. 이런 꿈을 꾸지만 어느 세월에
좋아질까요. 이 집에 와보니 시인, 소설가, 화가, 음악가
등 예술인 집합 장소 같아요. 모두가 옷부터 말 웃음까
지 보통 사람들과 달라보였지요. 주인언니는 예술하는
사람들과 함께 사느라 세월 가는 줄 모르고 있어요. 예
술가의 특징은 돈 되는 이야기를 하지 않아요. 발 하나
를 땅에 딛고 발 하나는 구름 위에 띄우고 살아요. 이곳
에서 생활하면서 제일 편했던 부분이었지요. 주인언니
는 예술하는 동료들이 오면 일에 별 신경 안 쓰고 그분들
과 놀아버려요. 내가 얼마나 화가 나는 줄 알아요. 손님

이 많이 없다 해도 내 할 일이 참 많아요. 화장실 청소며 부엌담당이며 손님까지 받아야 하니까요. 손님이 많으면 많아서 힘들고 손님이 적으면 주인언니에게 눈치 보이고 자잘한 일을 도맡아 해야 하니 힘들어요. 주인언니가 한번도 손님이 안 와서 걱정이라는 말을 하지 않아서 다행인 댓가를 이렇게 치르고 있다는 것을 몰랐지요. 손님 없다는 이유로 부엌일에 손을 놔버리고 예술하는 친구들과 놀고 있을 때 주인언니는 하나도 부럽지 않은데 멋진 모자나 원피스, 늘어진 목걸이로 멋을 낸 주인언니 친구들이 부러워요. 주인언니는 오래 이곳에서 장사를 해서 겉만 그럴듯하게 소문이 났을 뿐 들여다 보면 허당이라는 것을 알아요. 돈과 상관없는 세계에서 살고 있다는 것을요.

나는 이곳을 폭로하고 싶어요. 언니가 고상한 척하면서 잘 버티지만, 이것은 아니라는 생각을 하고 있었어요. 가게 운영비가 너무 많이 들어간다는 것을요. 재료값이 파는 돈보다 더 많이 들어간다는 말을 간혹 하기 시작했어요. 언니에게 어울리지 않는 돈 이야기를 할 때마다 나는 세상살이가 재미없어졌지요. 그리고 언니가 고상해 보이거나 멋있어 보이지 않았어요. 어쩜 착한 척하지만 그 안에 그득한 구정물 냄새가 풍겨오고 있다는 생각을 하게 되었어요. 언니가 좋아서 이 집에 왔는데, 예전부터 우리 아들과 이 집은 단골이었는데, 이제 그 허망한 꿈을 허물어 버릴래요. 제발 언니 정신 차리고 세상을 바로 보세요. 언니는 국수아줌마라는 것을요. 저는 이제 아홉 시가 되면 이곳을 떠납니다.

눈치코치 없는 맹한 주인 언니를 위해 떠난다는 것을 인식 못하며 오늘도 돈과 상관없는 사람이 되어 몇 명 예술인들과 웃으며 이야기를 하네요. 조금 있으면 어둠이 이 골목으로 찾아오고 나는 언니를 위해 이 골목을 떠나 동쪽으로 난 길을 터벅터벅 걸어갈 것입니다.

국숫 가락

서른아홉의 여자가
버티고 버티다가
겨울 빗줄기 타고
국수 솥으로 떨어진다
오랫동안 뭉쳐있던
여자의 냉기가
뜨거운 물 속에서 허물어진다
찌그러진 양은솥 안에서
머리를 풀어 헤치고
속치마까지 벗어 던진 여자가
매끈한 다리로 승무를 춘다

주인.
나를 두고 가지 마

    등 따습고 배부르면 글이 안 나와. 춥고 배가 고파야 글이 나오지. 이런 말을 입으로 중얼거린다. 시간이 없어서 글을 못 쓴다는 말은 거짓말이다. 삼십 년이란 시간 안에 사람들이 들어오는 발걸음 소리와 나가는 소리가 섬세하게 귀에 들렸다. 그 소리를 놓치고 싶지 않아서 국수일지를 열심히 써왔다. 그런데 이렇게 한가해지면서 몸과 마음이 늘어져 사람들의 말을 적을 수가 없었다. 그냥 나를 버리고 글을 쓰고픈 마음이 떠나버렸다는 생각에 서운했다. 우리 집에 국수 먹으러 온 손님들도 떠나고 나랑 놀기 위해 오던 지인들도 코로나 시절을 맞아 잘 안 온다. 가끔 이곳 밤거리가 『눈먼 자들의 도시』

에 나오는 소설 속 같다는 생각이 들곤 했다.

섣달그믐 밤에 그동안 주방아줌마 역을 책임감 있게 해온, 나와 손님 모두에게 돈독한 애진이가 불쑥 말했다.

"언니, 나 그믐까지만 일하고 안 한다는 것 알지요."

이별을 알린다. 코로나가 시작된 후 이 년 되던 날 애진이가 그동안 언니가 이곳을 지키기 위해 엄청 힘들게 잘 버티어 왔으니 이제 그 힘을 내려놓고 그냥 주인 언니 혼자 하라는 말을 했다.

그때 그 말을 받아들이지 않았다. 갈 때 까지 가야지, 이 집 문 닫을 때까지 함께 가자. 혼자는 도저히 못한다. 왜냐하면 그동안 국숫집에 쏟았던 정열이 너무 뜨거워서 혼자 춥고 배고픈 곳에서 있기 싫다. 설마 이런 긴장되고 무서운 세상이 밝은 세상을 이길 수 있겠니. 지금은 그렇지만 또 이 겨울이 지나면 예전처럼 따뜻하고 부드러운 세상이 올 거야. 어둠이 빛을 이기지는 못하는 법을 나는 알거든. 우리는 굳세게 갈 때까지 가는 거야. 의연한 마음으로 태연하게 말했다.

그 후 애진이가 이곳을 떠나고픈 바람이 잠잠해지는 줄 알았다.

어두움이 밀려와 연수동 골목에 간판 불이 모두 꺼진다. 우리 집만 불을 끄면 아홉 시 안에 불빛이 사라진다. 나는 안다. 주방아줌마들이 한번 그만둔다고 말하면 반드시 그 말에 책임을 지고 떠난다는 사실을, 오랜 세월 속에서 터득했다. 옆에 있을 때 잘해야지 가고 나면 그뿐이라는 사실을 인정해서 우리 집에 일하러 오는 아줌마들을 만날 때 다시는 정 주지 않으리라 맹세하지만 며칠만 지나면 나도 모르게 마음을 진하게 주어 주방아줌마 앞치마에 대롱대롱 매달려 있다는 사실을 인정한다.

애진이가 우리 주방에 처음 왔을 때 코로나 감염병이 시작된 지 일 년 됐을 때다. 아담하면서 품위있는 그녀는 우리 집 부엌에 맞지 않을 것처럼 귀티가 났다. 사과꽃처럼 하얀 피부에 그윽한 눈매가 매력적이었다. 면접할 때마다 어떻게 살아왔는지 왜 우리 집에까지 오게 되었는지를 물어보던 호기심 많은 나는 애진에게는 그 말을 물어보지 않았다. 열 살 아래인 맑은 사람에게 많은

192
단골

말을 해서 나를 쉽게 보이고 싶지 않았다. 나도 애진이처럼 점잖고 품위 있는 착한 사람으로 보이고 싶었다. 애진이는 예전에 본인이 직접 국밥집을 했다며 국숫집에 아들을 데리고 자주 와서 국수와 김밥 쫄면을 먹었다는 말을 했다. 애진이는 처음에는 나를 주인언니나 사장님이라 부르지 않고 선생님이라는 어렵고 부끄러운 존칭을 썼다. 물론 그 존칭은 시간이 흐르고 나의 단점이 드러나기 시작하면서 그냥 주인언니라는 이름으로 바뀌어서 내가 무엇을 잘못하고 있었구나 하는 자책감과 함께 오히려 편안해졌다. 고상한 말이나 민첩한 행동을 한 것이 아니라 부엌에서 오래 해온 국숫집 전통 맛을 내야 한다는 이유로 사사건건 잔소리를 하기 시작했다. 애진이는 창의력이 있어서 가만 놔두면 나보다 맛있게 음식을 잘해 내고 정리 정돈을 말끔하게 잘하는 아이였다. 일 년이 다 돼서야 나는 애진이의 진가를 알았다. 음식이 맛이 있었다. 애진의 가슴 속에 수많은 꽃이 피고 나비가 날고 봄비가 내린다는 사실을 알 즈음 그녀는 이곳을 떠난다는 말을 했다. 좋은 길을 찾아 떠난다는 것을 어떻게 잡을 수 있을까. 그냥 속이 상해서 조금 있으면 우리 집 불을 꺼야한다는 것을 알면서 멍하니 머뭇거릴 뿐이다. 그녀가 읽었던 수준 있는 책들을 뒤적여 보며 좀 더 관심을 갖지 못한 것을 후회한다. 애진이는 그동안 윤기 나는 머리카락 위에 썼던 주방 모자와 잘록한 허리를 가렸던 통 앞치마를 벗는다. 그녀는 나를 놔두고 떠난다.

모두가 그러하듯이 잘 돼서 나가면 축복을 해주어야지 이렇게 발목을 붙잡고 늘어지면 안 된다.

돈과 상관없는 국숫집에서 애진이랑 오래 살고 싶었다.

손님·
생을 묶은 책

문을 닫은 후 '시인의 공원'에 가서 앉았다. 골목은 하나둘 불이 꺼지고 가게 주인들이 집으로 돌아간다. 배달을 하느라 불이 켜진 '불탄 자리'라는 족발집을 바라보며 금세 매운 족발이 생각난다. 그냥 멍하니 느티나무 가지를 바라보았다.

"국숫집 언니, 왜 이곳에 혼자 앉아 있어요? 하도 답답해서 언니 좀 보려고 국숫집에 갔더니 문이 닫혀있어서 혹시나 하고 공원에 나와 봤더니 여기 계시네요."

서편제라는 호프집을 하는 연지가 내 옆에 앉았다. 검은 패딩에 깊숙이 몸을 감춘 연지였다.

"언니는 이곳에서 터줏대감이라서 큰 어려움이 없겠

지만 나는 지금 죽을 지경이에요. 언니, 오후 다섯 시에 문 열어서 아홉 시까지 손님을 몇 테이블 받겠어요? 날마다 공칠 때가 많아요. 오늘도 손님 하나 못 받고 믹스커피 두 잔 마시고 맥주 두 병 먹고 답답해서 언니를 찾아 나섰지요. 언니 오늘 내 기분이 정말 가라앉았답니다. 우리 가게 가서 맥주 한잔 마셔요. 제가 얼마나 언니를 좋아하는 줄 아세요?"

간절하게 어리광을 부리는 연지를 데리고 '불탄 자리' 족발을 포장해서 서편제로 들어갔다. 사람의 훈기가 느껴지지 않은 썰렁함은 오래된 어둠과 추위에 젖어 있는 듯했다.

"연지야. 요즈음은 너나 나나 할 것 없이 다 힘들지. 그런데 특히 호프집은 밤 술손님을 받아야 하니 힘들겠구나."

연지는 온풍기를 켜면서 냉장고에서 맥주를 꺼냈다.

"언니. 그래도 언니네 집에서 일할 때가 좋았어요. 그때 내가 서른네 살이었어요. 언니의 허름한 국수 가게에서 서빙과 주방일을 겸해서 이리 뛰고 저리 뛰며 일하는 내가 아깝다고 하는 '꿈 레스토랑' 사장 말에 마음이 동해 그 사장 따라 가면서 언니를 배신했지요. 그런데 가보니까 고급 레스토랑에서 홀을 보는데 손님이 띄엄 띄엄 온다는 이유로 주인사장이 따라 다니면서 사사건 건 간섭해서 나는 그 집에서 빛을 잃었어요. 언니네 집에 있을 때 사람들이 젊은이가 열심히 산다는 칭찬을 많이 들어 어딘지 모르게 우쭐해지면서 힘이 났거든요. 그래서 언니네 집에서 내 존재감이 높아져 더 좋은 직장을 얻었다 생각했는데 그것이 아니더라고요. 언니네 집에서 일을 하면 예뻐진다 했어요. 언니도 밖에 나가면 그 냥 지나가는 식당아줌마일 뿐인데 이곳에서는 많은 사람들이 잘 봐 주어서 식당아줌마보다는 그냥 손님들과 동급인 사람이 되어 살맛 나는 세상이라는 말을 했어요. 그 말이 무슨 말인가 했더니 레스토랑에서 손님이 없어서 잘리고 나서야 알았어요. 내가 대단한 사람처럼 나대다가 벼락 맞은 것이지요. 고급 레스토랑에 근무하면 내 등급이 높아지는 줄 알았어요. 왜냐하면 예전에는 레스토랑에 근무하는 아가씨들이 얼마나 싱그럽고 멋지고 예뻤는지 몰라요. 그런 계급은 귀족이 된 줄 알았어요. 나의 지적 허영심이 십 년이 넘도록 마이너스 인생을 살게 했나 봐요.

그 후 노래방 도우미로 근무하다가 술과 담배로 얼굴이 삭아서 서편제라는 호프집을 돈하나 없이 인수받게 되었어요. 그런데 호프집 사장도 만만하지 않았어요. 음식점보다 몸이 고단하지 않으리라 생각했는데 그것이 아니었어요. 시간이 지날수록 분위기 좋고 젊은 청춘남녀들이 이 거리로 몰려오면서 작은 호프집은 빛을 받을 수 없었어요. 왜냐하면 안주 대충 놓고 손님들과 술 한 잔 나누며 이야기하는 그런 호프집은 손님이 오지 않아요. 수박 겉핥기식으로는 통하지 않아요. 전문가가 돼야 살아남는 시대가 돌아온 것이에요. 그래서 언니에게 두부김치와 부침개를 배워서 내가 해봤는데 언니네 집에서 먹었던 맛이 나지 않았어요. 뭔가 모르게 어설픈 맛, 깊은 맛이 나지 않았어요. 언니네 집에 근무했다는 이유로 몇몇 단골손님들이 우리 집을 드나들면서 언니네 집 분위기로 바꾸면서 장사를 하라는 말을 종종 했어요. 언니네 집에서 끓였던 가락국수 기술이 있으니 이곳에서 써먹어보라 했어요. 그래서 처음에는 가락국수 국물을 내서 손님상에 어묵탕으로 나갔는데 손님들이 탄 냄새 난다며 고개를 갸우뚱거렸어요. 언니네 집과 백 미터도 되지 않은 집에서 가락국수를 흉내 내고 있었지요. 플러스 인생이 아니라 마이너스 인생으로 하락하고 있다는 생각에 이제 잠이 오지 않는 불면증에 시달려요. 잠이 오지 않아서 늘 맥주를 마셔요. 언니, 이 집 문을 닫고 언니네 집에서 다시 알바를 하고 싶은데요. 그럴 수도 없어요. 소상공인 대출을 받아서 문을 닫게 되면 그 대출은 꼭 갚아야 되거든요. 이제 오도가도 못하고 오동나무에 걸려 버렸어요. 그래도 언니, 내가 헐렁한 인생을 살면서도 이렇게 일기를 쓰고 있답니다. 이 오래된 책을 언니에게 보여주고 싶었어요. 언니네 집에 처음 갔을 때부터 나만의 일기를 쓰기 시작했지요. 그곳에서 시인 소설가 화가 음악인 등 예술인들을 만나면서 속으로 내 인생도 쓰기 시작하면 소설 몇 권이 될 거라는 생각이 들었지요. 잠재적으로 지적인 사람이고픈 꿈이 있어서 언니네 집에 갔나 봐요. 언니가 그곳에서 많은 사람들에게 낚싯줄을 놓고 사람 잡는 어부 흉내를 내고 있다는 생각이 들었지요. 언니, 이제 내가 아무리 해도 풀지 못한 낚싯줄에 걸린 것 같아요. 남들은 내 잘못이 아니라 지금 시대가 어려워서 이렇게 되었다 말하겠지요. 그런데 나는 알아요. 더 쉽게 살려는 삶을 추구하다가 이렇게 됐다는 것을요. 오래된 책을 언니의 도움으로 내고 싶답니다. 혹시 알아요? 세상에서 하나밖에 없는 하잘것없는 내 이야기가 베스트 셀러가 될런지요."

투잡(Two job)

낮에 순댓국집에서
입었던 앞치마를
저녁 가락국숫집에서
다시 입는다

주인.
눈에 익은 사람들

국수 국물에 불을 켠다. 항상 육수통에 국물이 있어야 한다는 생각을 해왔다. 대를 잇도록 오래된 국숫집 이야기를 읽은 탓인가. 육수통에 불이 늘 살아있도록 오래전부터 지금까지 해왔다. 부엌에 혼자 쭈그리고 앉아서 국물이 끓어 넘치지 않게 보고 있다. 검게 그을린 육수통 아래 붉은 불살을 보며 동백꽃 같기도 하고 붉은 칸나가 나에게 달려오는 듯하다. 손님이 없다는 이유로 애진이가 떠난 후 하루가 채 지나지 않았다. 사람들은 부엌에 애진이가 없어졌다는 사실을 모른다. 왜냐하면 눈에 익은 사람들이 요즈음 잘 나오지 않기 때문이다. 애진이를 좋아하는 사람들에게 어떻게 이 슬픈 사실을 알려야 하나, 손님이 오지 않아서 하루 인건비가 안 되어 애진이가 떠났다는 사실을 말하고 싶지 않다. 나의 알량한 자존심이 허락하지 않는다. 몇십 년 동안 손님이 오지 않아서 국수 국물에 불이 꺼진 일이 없었기 때문이다. 끊임없이 이어지고 싶은 나의 섣부른 욕심이 작동한 것이다. 눈에 익은 사람들은 이런 사실을 믿지 않을 것이다. 하루 매상과 관계없는 세상에서 살고 싶은 나의 간절한 마음을 이해하기가 어렵다. 장사는 돈을 남기기 위해 하는 것이라는 애진이의 쌈박한 말이 귀에 들어오지만 한 쪽 귀로 나갈 뿐이다. 물건을 가지고 온 채소 아저씨가 주방이모가 어디 갔느냐 묻는다. 요즈음 장사들이 힘들어 주인 혼자 하는 가게가 많아졌다며 겨울 채소값이 비싸서 본인 장사도 잘 안 된다는 말을 한다. 늘 열심히 일을 해서 처음 개업 때부터 우리 집 물건을 대준 〈동양청과〉는 아버지 대를 이어 젊은 청년 사장이 채소를 배달해 준다. 아버지의 과업을 이어받아 열심히 몸으로 뛰는 젊은 사장이 기특해서 늘 성공할 수밖에 없는 이유를 말해주곤 한다. 성실함이 신선한 채소처럼 몸에 배어 있는 〈동양

청과〉 젊은 사장은 어떻게 혼자 할 수 있겠느냐며 안타까운 마음을 남기고 간다.

오후 세 시부터 다섯 시 사이 브레이크 타임에 나타나는 윤 화가는 평소 대소면에 있는 화실에서 작업을 마치고 우리 집에 들러 커피 한 잔을 하고 간다. 애진이와 이런저런 이야기를 하며 나보다 더 친해 보였다. 윤 화가는 애진의 행방을 묻는다. 서울에서 아픈 어머니를 잠시 돌보기 위해 내려와 있는 머리 묶은 남자는 애진의 단골손님이다. 이 시간이면 행복한 돈가스와 우동국물에 맥주 두 병을 먹는다. 처음엔 저 멀리 앉아 있다가 애진이와 말을 튼 후로는 부엌 쪽으로 자리를 옮겨 항상 부엌에서 일하는 애진을 바라보며 말을 주고받으며 맥주를 마셨다. 또한 추녀 끝에 거리공연이란 플랜카드를 매달아놓고 노래하는 김 시인은 실내에서 노래를 하면 침이 튀어 방역에 이상이 있다면서 추운 바람을 몸으로 받으며 밖에서 혼자 노래를 하다가 화장실 가는 길이나 뜨거운 국수 국물이 먹고 싶으면

"애진이 엄마. 국수국물 한 사발 청양고추 팍팍 넣어

서 주세요"

한다.

애진이는 맛있는 것 좀 사먹으라며 매상에 도움 안 된 사람들이라고 속엣말을 하면서도 김이 펄펄 나는 국수 국물에 국숫발을 넣어주곤 한다.

이 집에 드나드는 사람들은 늘 부엌의 애진에게 관심을 갖고 관찰한다. 애진이 또한 부엌을 바라보는 사람들에게 관심을 갖고 그들의 삶속에 들어있는 이야기를 관찰한다. 조금 있으면 그들이 몰려올 시간이다. 나는 어떻게 애진이의 유쾌한 외출을 설명해야 하나 은근히 고민이 된다. 앞치마가 축축하게 젖어 배 속까지 춥다. 부엌의 늘 옆에 있었던 애진이가 없어서 더욱더 춥다. 국수 그릇을 들고 홀 안으로 나가다가 국수 가락이 발밑에서 붙어서 미끄러져서 넘어졌다. 마침 우리 집 잘다니는 예수님이라는 애칭을 가진 동생이 와서 이 모습을 보며 깜짝 놀란다. 허리가 삐끗하더니 아프다. 애진이가 사라진 후 나는 허리가 아파서 정형외과에 다닌다. 눈에 익은 사람들은 주방을 기웃거리면서,

"애진씨는 어디 갔어요?."

"주방이모 그만두었어요?

"애진엄마는 왜 안보여요?"

이렇게들 애진이만 찾는다. 애진이의 전성시대는 우리 집 부엌에 있을 때라고 말할 날이 반드시 올 것이다.

아픈 허리를 부여안고 국수 국물이 넘칠까 봐 육수통 아래서 불을 쬔다. 이렇게 불빛을 밝히고 있으면 눈에 익은 사람들이 뜨거운 국수 국물이 생각나서 달려올 것이다.

초대받지 않은 손님

시인의 공원 느티나무는
국수가 먹고 싶어 안달이 났다

나른한 오후 굵은 바람과 함께
불쑥 들어가 주인 여자 눈치를 살핀다
부서진 기타로 낭만에 대하여 노래를 부른
김생수 시인에게 막걸리를 퍼 주는 것을 본다
빵모자를 삐딱하게 쓴 화가가 뜬금없이 나타나
이 집주인은 글을 쓰는 사람에게만
잘한다고 삐쳐서 나간다

그 틈에 느티나무는 주방 안으로 들어가
나뭇가지를 흔들며 가락국수를 훔쳐 먹는다

주인.
이혼 즈음에

    늦가을 바람이 거칠게 불어 시인의 공원 느티나뭇잎이 송두리째 떨어져 버릴 것 같은 날.

    우리 집에 나보다 많이 드나든 우 시인이 들어와서 막걸리 한 주전자와 메뉴에 없는 김치찌개를 주문했다. 우 시인은 늘 먹다 남은 막걸리와 팔지 않은 안주를 찾곤 한다. 오랜 세월 시청에 근무하면서 출퇴근 시간에 우리 가게에 들러서 아줌마들과 인사하며 다정다감하게 지낸다. 가끔 젊고 이쁜 아줌마가 새로 들어오면 첫인상에 맞는 애칭을 붙여주면서 좋아하는 표현을 나 모르게 한다는 것을 알고 있지만 슬그머니 눈감아준다.

    사업하던 남편을 둘러싼 여자관계의 흉흉한 소문에는

겁나게 반응하면서 이곳에서 만난 남자들의 바람기를 그러려니 하고 넘어가는 자신에게 감사할 뿐이다. 좋게 말하면 너그러워지는 것이고 나쁘게 생각하면 이쁜 여자 좋아하는 것이 남자들의 본성이라 생각해버리곤 한다. '마음이 예쁘면 그 마음이 얼굴로 나타나서 다 예쁘겠지.' 이렇게 생각하기까지는 시간이 많이 걸렸다. 사람을 좋아하는 취향은 각자 다르기 때문에 우리 모두는 제각각 예쁘지 않을까. 우 시인은 내가 늘 코스모스처럼 흐느적거려 나를 여자로 보지 않는다는 말을 한다. 얼마나 다행한 일인가. 만약 우 시인의 입맛에 맞는 스타일이었으면 그 유혹을 감당하기 힘들었을 것이다.

우 시인에게 막걸리 한 주전자와 점심에 먹다 남은 김치찌개를 데워 식탁 위에 성의없이 탁 소리나게 놓는다. 우 시인은 울음 섞인 목소리를 낸다. 누구에게 또 사랑의 쓰라린 이별을 당한 것일까. 우 시인은 사랑하고 헤어지고 늘 운다.

노래를 하다가 갑자기 우 시인이 소리를 지른다.

─판단력 부족으로 결혼했고

인내력 부족으로 이혼하고

기억력 부족으로 재혼했다.─

"아니 순한량, 글쓴다는 사람이 저렇게 말도 안 되는 글을 붙여놓으면 되는 거야? 문장이 비문이잖아. 저런 글을 붙여놓으면 이 집의 품위가 떨어지지. 참 한심한 일이네."

부엌 앞에 앞치마처럼 펄럭이는 낡은 글을 보며 소리를 질러댔다.

"아니 이 글이 얼마나 사람들에게 인기가 많은데 엉뚱한 시비를 거는 거요? 사람들이 이 글 좋다고 떼어 가다가 나에게 걸려 뺏어 놓곤 해요. 그리고 우리 집의 품위가 무엇이에요. 이집에 들어오면 모두가 시인이고 소설가예요. 가락국수 한 그릇에 인생이 녹아 있고 그 사람들이 써 놓은 한 줄의 글이 그 사람들 인생의 대표작이 되는 거에요. 아니 그 사람들의 한 줄에 인생이 되는 거라구요. 잘 쓴 글은 서점에 있어요. 이곳에 비문이든 낙서든 나에게는 돈보다 더 귀한 거라고요. 이런 글을 붙잡고 살아가는 내가 조금 이상해 보일지 모르지만 품위 있고 우아하고 멋있는 글이 이 세상에 어디에 있어요. 우리 집에 있다구요. 술 먹고 주정하려면 빨리 나가요. 소금을 뿌려버릴 거에요. 비문 같은 소리 좋아하시네요. 본인 시나 잘 고치세요. 국어선생인 창수도 은영이도 이 글 좋다고 좋아했다구요. 나에게 딱 맞는 말인데요. 판단력 부족으로 결혼한 것 맞아요. 공무원이나 회사원과 결혼했다면 나는 이곳에 나오지 않았을 거에요. 그리고 인내력 부족으로 이혼한 것은 우 시인에게 딱 맞는 말이네요. 기억력 부족으로 재혼한 말도 우 시인 거네요."

술먹고 넋두리 한 번 했다가 눈을 부라리며 거칠게 덤비는 나를 우 시인은 무섭게 노려보았다. 금방 화를 품어 낼 것 같았지만 막걸리잔을 들고 있는 어깨가 점점 낮아 보인다. 더 처절한 목소리로 〈가을에 떠나지 말아요, 하얀 겨울에 떠나요〉 최백호의 노래를 부르며 울고 있는 남자에게, 부엌에서 쫄면 장을 만들던 마리아가 "아니

또 무슨 일이여, 왜 저렇게 처량 맞은 목소리를 내요."
하며 측은해 한다.

"아휴 참, 나도 마리아 같은 여자랑 살아야 내가 살텐데 나는 여자복이 없어요. 늘 불쌍해 보이는 여자를 거역할 수 없어서 거두어 주면 늘 나를 아프게 하거든요. 사람은 첫 단추를 잘 꿰어야지 나는 첫 단추가 잘못되었지요. 나에게 위로주를 한 잔 사줄래요? 나는 오늘 작정하고 왔어요."

늘 보헤미안처럼 자유로운 옷을 입고 출퇴근을 해서 참 독특한 사람이라는 것을 아는 사람은 안다. 누구에게나 이별은 슬프고 가슴 시린 일이다. 이렇게 사람들에게 버림받고 나를 찾아온 남자들을 종종 만난다. 한동안 보이지 않으면 또 무슨 좋은 일이 있나 보다 하고 생각한다. 우 시인은 등따습고 배부르며 지독하게 서럽지 않으면 우리 집에 오지 않다가 어느 날 금방 숨이 넘어갈 듯한 얼굴을 하고 나타난다. 그래서 우리 가게를 조강지처가 사는 집이라는 말을 만들어 냈다.

단골

주인.
신 처용가

−돈지갑을 잃었다. 필요한 사람이 가져갔겠지.

마누라를 도적 맞았다. 필요한 사람이 가져갔겠지−

식을 줄 모르게 인기 있는 글이다. 우 시인이 막걸리를 한 말쯤 먹고 와서 쓰고 간 글이 국수가게를 하면서 내내 식을 줄 모르는 명작이 되어버렸다. 젊은이들도, 나이 먹은 사람들도 이 글에 주목한다.

이럴 수가 있을까. 도인이네 하기도 하고, 정말 웃긴다. 아줌마 이 글을 쓴 사람은 누구예요? 하고 물으면 아무렇지도 않게 남의 사생활 들여다보기에 중독이 되어버린 나는 이렇게 말하곤 한다. 이 분이 〈지나가다〉라는 시를 써서 중앙일보에 나온 사람이에요. 이혼을 세

번 한 사람이에요. 그냥 나온 시가 아니라 삶에서 나온 시에요. 이 분이 이십 년 넘게 시인의 공원에서 기타 치고 노래해서 오천만 원 가깝게 불우이웃을 도운 사람이에요, 진짜예요. 제가 증인이에요. 사람들이 궁금해하지 않은 부분까지 좌악 늘어놓는다.

오월 느티나무 잎이 파랗게 불타고 있었다. 너그러운 이파리가 춥지도 덥지도 않아서 마음껏 몸을 흔들어 대며 춤을 춘다. 이런 날 우 시인이 마누라가 전골집을 개업했다는 말을 해서 연이랑 교현동 골목에 있는 짜글이 집을 찾아갔다. 사람소리가 잘나지 않은 좁은 골목에 '지나가다'라는 간판을 달고 짜글이 집 문을 열었다. 사람의 때가 오래 묻은 문을 밀고 들어가자, 시인의 아내로 살아가는 젊은 여인은 우리를 금방 알아보고 웃었다. 허리가 길고 얼굴이 갸름한 여인은 우 시인 마누라였다. 가끔 가락국숫집에 와서 "시인은 화장실도 안 가는 사람인 줄 알았어요. 울 신랑이 너무 순수해서 결혼하면 하늘을 나를 것 같았어요, 비행기는 엄두도 못 내지만 우리가 만든 연을 타고 날아다니며 살 줄 알았어요, 그런데 맨날 인생이 무엇이냐 톨스토이가 어쩌고 소크라테스가 어쩌고 하면서 나는 알아들을 수 없는 철학을 늘어놔요. 아줌마! 이 세상에 글 쓰는 사람이 무슨 특권 가지는 사람처럼 말하지만 가만히 보니까 모두 자기도취에 빠져 있어요. 이미 멋진 글은 옛사람들이 다 써 놨더라고요. 그 글을 읽어도 되는데 무슨 창작이니 작품이니 하면서 말장난을 하는 것 같아요. 그래서 나는 우리 신랑이 하는 말을 개똥철학쯤으로 생각해요. 나는 잘 모르지만 공자님이 하신 술이부작述而不作이란 말을 알고 있어요."

─키가 크고 허리가 가냘픈 여인은 코스모스 같기도 하고 우리 집 앞에 서있는 느티나무 가지 같기도 했다. 이 여인의 말을 들으며 참으로 영리하다는 생각을 했다. 아니면 이 여인이 바로 멋진 시인이라는 생각을 했다. 시인의 아내가 시인을 관찰한 주관적인 평가이기 때문이다.

개업을 하는 날이지만 사람들이 북적대지 않았다. 우리는 짜글이를 시키고 낡은 식탁에 앉아 우 시인의 낡은 군복 점퍼에서 풍기는 퀴퀴한 냄새를 맡았다. 우 시인은 하루에 오천 원 이상 쓰면 안 된다는 말을 종종 했다. 공무원인데 왜 그렇게 절약을 하는지 알 수가 없었다. 맨발에 군복 야상을 사 입고 자전거를 타고 다니다가 어느 시인이 십 년 넘게 탄 마차 같은 차를 주어서 운전을 했다. 라면 국물도 남으면 포장해 달라는 우 시인은 독특한 사람이었다. 사업을 하는 남편과 비교하자면 하늘과 땅이었다. 중소기업을 운영하다 망한 남편에 비하면 검소가 몸에 배어 버린 우 시인이 얼마나 위대한 사람인가 높은 평가를 하며 남편의 인격을 조금씩 흠집을 내곤 했다.

짜글이집 식당 자제 모두가 중고품이었다. 그것도 마음에 들었다. 여인은 돼지고기가 들어간 짜글이를 해서 식탁 위에 올려놓고 우 시인에게 저녁 먹으러 오라는 전화를 했다. 전화 내용에 저녁 메뉴로 자반고등어 조림을 하겠다며 저번에 사온 자반고등어는 너무 싼 것을 사와서 먹고 두드러기가 났으니 이번에는 돈을 더 주고 싱싱한 고등어를 사오라 했다. 독특한 맛이 나지는 않지만 정성이 깃든 짜글이를 먹으면서 우 시인이 짠돌이라 흉을 보며 마구 웃어 댔다. 젊은 여인은 우 시인과 띠동갑이었다. 이 여인이 가끔 분풀이로 우리 집에 와서 하는 말에 의하면 철없는 시절에 고등학교를 다니다가 무단가출을 해서 잘못되어 빚을 진 다방에서 일을 하게 되었단다. 잘못된 가출은 돌이킬 수 없는 결과로 돌아와 미성년자로 다방 아가씨가 되었다는 것을 알고 가엾이 여긴 우 시인이 다방의 빚을 갚아 주고 이 여인을 구원해 주었단다. 그래서 전라도 집으로 내려와 부모님께 허락받아 결혼을 해서 살게 되었다는 사연을 알고 있는 터라 이 작은 짜글이 집에 흥미를 느낄 수밖에 없었다. 철없는 시절 호기심천국의 외출은 여인을 이곳에 데려 놓았다. 측은지심이 들지만 이것이 인생이다. 이 여인을 무거운 그늘에서 구원해 주었으니 우 시인의 착한 마음이 갸륵했다. 이렇게 남의 사생활에 관심을 가졌으니 나는 살아 있는 소설이 줄줄이 읽혀지고 있는 것이다. 이 글을 쓰면서 조금은 겁이 난다. 느티나무에서 사계절 불어대는 바람처럼 이곳을 맴돌다가 어느 날 사라져버린 그 여인이 나타나 왜 이런 이야기를 쓰냐고 항의를 할까 봐. 그래도 내 안으로 들어온 사람은 내가 잊을 수 없는 사람임에 틀림없다. 이 글을 쓰면서 우 시인이 자신의 이야기를 이렇게 해도 되느냐 대들면 어떻게 할까. 이 또한 지나가는 이야기일 거라는 말을 할 것이다. 그후 여인이 짜글이 집 문을 닫은 후 우 시인을 떠났다. 몇번을 우 시인이 여인을 찾아 헤맸지만 허탕을 치고 말았다. 그 허망한 이야기를 느티나무 아래의 우 시인은 기타를 치며 노래했다. 깡통을 하나 갖다 놓으면 영락 없는 거지다. 사람들은 우 시인이 무지 못사는 사람으로 알아 가끔 기타 안에 만 원짜리 지폐를 넣어주곤 했다. 우 시인은 늘 그들을 꺼내어 우리 주방에 일하는 아줌마들에게 나눠 주다가 그 돈을 모아 나에게 맡기기 시작했다. 선착장에 근무하면서 충주댐 숲속으로 아이들이 책가방을 메고 들어가는 모습을 보았단다. '자연원'에 숲속의 공주, 왕자처럼 순수한 아이들이 살고 있다는 것을 알고 그 아이들에게 관심과 사랑을 갖게 된 것이다. 비록 사랑을 잃었지만 또 다른 사랑을 얻어 때론 처량 맞게 때로는 신명나게 기타를 치며 노래하며 시를 썼다. 사람들의 눈에 어떻게 보일까하는 체면은 싸악 없애고 각자의 삶을 살아가고 있는 것이다. 온 세상에 검은 그림자로 앉아 있는 코로나도 초대 받지 않은 손님이라는 것을 알아 멀지 않아 지나갈 것이다.

주인.
손님을 내 보내겠습니다

―저희 직원이 손님에게 불친절하게 할 경우 저는 직원을 내보내겠습니다.

하지만 손님이 저희 직원에게 함부로 할 경우에는 저는 손님을 내보내겠습니다.―

유월의 날씨는 얼멍얼멍한 스웨터를 입기에 딱 맞다. 여기저기 오월에 못다한 이야기가 담을 타고 유월로 넘어와 넝쿨장미들이 촛불 잔치를 한다. 가락국숫집을 향한 출근길에 맑은 하늘 아래 붉은 장미를 만나면 아직도 가슴이 떨린다. 땅아래 발을 딛고 담 너머로 얼굴을 내밀며 남자들을 향해 웃어대는 헤픈 여자들의 웃음 같기도 하고 가깝게 하기엔 너무 먼 당신 같기도 하다. 출근 길 넝쿨장미를 만나서 발걸음이 가볍다. 부엌에서 가락 국수 국물이 간간하게 간이 되어가도 국물에 절여지기는 싫다.

가락국숫집 앞을 향하여 서 있는 느티나무를 보며,

"느티나무야 안녕."

이렇게 말을 하며 손을 흔들어 보이는 모습을 보며 누 군가가 내가 억지를 부리고 있다는 말을 들었다. 느티나 무를 향해 손을 흔드는 모습이 정말 어색해 보였을까. 아니 세상에 이런 행동을 이상하게 보는 사람이 있다니 오히려 이해가 가지 않지만 그러든가 말든가 느티나무 를 보면 힘이 나는 것이 사실이다. 문을 열고 들어오는 나를 보며 주방동생이 울먹이기 시작했다,

"언니 세상에 나를 어떻게 보고 막걸리 배달하는 수안 보 아저씨가 글쎄 …….'

불길한 예감이 들었다. 밥장사 준비까지 하느라 나보 다 일찍 나와서 고생하는 주방동생에게 누가 이렇게 마 음을 상하게 했나 하는 생각에 가슴이 먹먹해졌다.

"말해봐 무슨 일이야? 그 아저씨가 조금 엉큼한 눈빛을 하고 있어 그지, 내 말이 맞지?" 눈물을 글썽이며 주방동생은 울먹였다.

"글쎄 그놈이 막걸리 배달 와서 아침을 안 먹었다며 가락국수 한 그릇을 해달라 해서 아는 사람이라서 부랴부랴 끓여주었더니 국수를 다 먹고 나서 그릇을 가지고 와서 파를 썰고 있는 나를 끌어안으려 했어요. 얼마나 무서웠는지 알아요. 세상에 나를 얼마나 헤프게 봤으면 이런 일이 일어난 거야."

"아니야, 그런 것 아니야. 그 인간이 조금 이상했어. 저 쪽방에 누워 있는 나에게 막걸리값 받으러 와서 '아줌마는 언제 봐도 섹시해요.' 이런 말을 한 적 있어. 얼마나 불쾌했는지 아니? 세상에 저 인간이 나를 어떻게 보고 이런 말을 하는지 화가 났지만 잠결에 그냥 넘어갔는데 이제 안 되겠다. 막걸리 공장 사장에게 말하고 그 막걸리 거래를 끊어버리자."

주방동생의 눈물을 보며 어이가 없어서 믹스커피를 타서 느티나무 아래로 가 앉았다. '느티나무야, 안녕'하고 인사하는 것을 이상하게 봤다는 손님도 이상하고, 막걸리 배달원도 제정신이 아니라는 생각에 주방동생의 손을 잡고 멍하니 하늘을 봤다. 느티나무 잎이 씩씩하게 여물어 벅차게 밀려올 삼복더위를 이기기 위해 힘을 찾고 있다는 것을 알았다. 사소한 것에 속이 상하고 사소한 칭찬에도 기분 나쁜 것이 사실이다. 오랫동안 시인들과 손님들 그리고 내가 마셨던 정들었던 그 집 막걸리와 거래를 끊어버렸다.

그리고 준비해 놓은 글을 주방 동생이랑 나는 용기를 내어 문 앞에 붙였다. 손님들 눈치 보며 손님은 왕이라는 말은 우리 집에서는 통하지 않는다. 아무리 경제가 어렵고 서비스가 좋아야 하는 시대라 하지만 아닌 것은 아니라 말할 수 있는 용기 있는 가게 주인이 여왕이지 않은가. 여왕이 끓여준 가락국수가 맛있을까, 비굴하게 쩔쩔맨 하녀가 끓여준 가락국수가 더 맛있을까.

주인.
재혼 즈음에

─이모는 미워요. 왜 우리 엄마 일만 시켜요.
이모는 잠만 자고 우리 엄마는 일만 하고
이모는 이 세상에서 제일 나쁜 콩쥐 엄마 닮았어요.─

세 살 된 아이를 업고 우리 집으로 들어온 아이 엄마는 갓 서른이 넘어서 아가씨처럼 보였다.

취직이 되면 아이를 놀이방에 맡기고 일을 할 수 있다고 했다. 키가 크고 허리가 가는 아이엄마는 모성애가 돋보였다. 먹고 살기가 어려운 세상이라는 사실이 가슴에 와닿았다. 아이에게 가락국수 한 그릇을 끓여 먹이고 그냥 막연히 생각해 보자는 말만 했을 뿐인데, 아이 엄마는 아이를 나에게 맡기고 산더미처럼 쌓여있는 배추 절이는 일에 동참했다. 젊어서 힘이 여름 느티나무처럼 느껴졌다. 아이는 나를 보며 반짝반짝한 눈으로 웃었다. 모두 살기 위해서 적응력을 갖고 태어났는지 나를 꼬옥 안아주며 "이모, 이 집에는 책이 왜 이렇게 많이 붙어 있어요. 나도 색칠공부 하고 싶어요."

아이가 우리 집을 책으로 표현한 것이 내 마음을 한방에 녹여버렸다.

"어머 아가야, 너 이름이 뭐니? 우리 집이 책 같다는 생각을 이모가 하고 있었단다. 이런 말을 세상 사람들에게 하면 나를 이상한 사람이라 생각할까 봐 꼭꼭 숨겨 놨는데 어떻게 내 마음을 이렇게 쉽게, 빠르게 표현을 하니? 너는 우리 집에 합격이야. 그래 당장 오늘부터 너희 엄마랑 우리 집에서 식구로 살자."

따지지도 묻지도 않고 아이엄마를 아이와 함께 불러들인 것이다.

영민이라는 아이를 엄마가 데리고 아침에 출근해서 저녁 다섯 시에 퇴근했다. 점심 손님을 받기 위해 청소와 음식 준비를 했다. 밀가루 반죽을 하며 그녀는 노래를 불렀다. 청아한 목소리로 우리 만남은 우연이 아니라는 노래를 부르며 춤을 추기도 했다. 일이 힘들 때 우는 것 보다는 웃어야 된다는 말을 하며 본인 스스로 스마일 여자라는 말을 했다. 아무렇지도 않게 국수를 끓이면서 영민이는 기저귀를 스스로 떼었고 색칠공부를 많이 했다.

영민 엄마는 무쇠를 닮은 몸이라는 생각이 들 만큼 일을 했다. 우리 집에서 담그는 김치는 백 포기 이백 포기는 기본이었고 김장 때는 천 포기를 담갔다. 주변 지인들이 힘들게 무슨 김치를 그렇게 많이 담느냐, 힘들어 골병이 든다며 사서 먹으라는 말을 종종 했지만, 음식점을 하는 사람이 김치는 기본으로 담가야 한다는 고정관념에 꽉 차 있어서 주방아줌마들이 김장철이 되면 슬며시 도망가곤 했다. 김치만 담그지 않는다면 죽을 때까지 있겠다는 아줌마도 있었고, 주인 여자가 욕심이 많아서 김치공장을 차렸다며 흉을 보는 아줌마도 있었다. 김치에서 해방되지 못하고 배추처럼 짜게 몸과 마음이 절여지고 있다는 느낌도 받았지만, 무슨 일을 하면 한 가지만 생각하는 융통성 없는 나는 내 허리가 빠지는 줄도 모르고 배추를 우리 집 안으로 들였고, 시간만 나면 배추를 절였다. 영민이 엄마는 배추를 무서워하지 않았다. 내가 출근하기도 전에 배추 백 포기를 혼자 후다닥 절인 적도 있다. 영민이를 재워 놓고 우렁각시처럼 절인 배추를 혼자 씻어 놓고 간 적도 있다. 아니 세상에 이럴 수가, 어떻게 이런 착한 사람이 어린아이를 데리고 일을 하게 되었을까. 누가 뭐라해도 그녀의 배려에 감동되어 살맛이 났다. 느티나무 옆에 가만히 서서 가게 안을 들여다 보면 그녀의 발걸음은 늘 바빴고 노랫소리가 나곤 했다. 혼자 일을 할 때 더 크게 그녀는 노래를 불렀다. 아다모의 '눈이 내리네'를 샹송으로 불렀다. 어쩌다 여기까지 오게 되었을까. 의문을 가졌지만 물어 볼 수는 없었다. 남의 사생활에 관심이 무척이나 많아 아직도 호기심천국에서 살아가는 주인여자이지만 영민 엄마에게는 물어볼 수가 없었다. 산더미 같은 배추를 놓고 걱정하는 내 근심걱정을 확 날려 보내는 영민 엄마가 있어서 행복한 나날이었다. 하루는 가게 안 작은 골방에 누워 비몽사몽 하는 나에게 영민이가 쏘아붙였다.

"이모는 미워요. 우리 엄마 일만 시키고 이모는 잠만 자고 우리 엄마는 일만 하고 이모는 세상에서 제일 나쁜 콩쥐 엄마를 닮았어요."

잠이 확 달아났다. 이렇게 순수한 아이에게 엉거주춤 하다가 "이모는 새벽 다섯 시까지 일을 해서 시간 나는 대로 쉬어야 한단다." 친절하게 설명하고 있는 자신이 부끄러웠다.

그런데 어느 날 영민이와 엄마가 느티나무에 부는 바람처럼 살며시 사라졌다. 무능력한 남자와 이혼하고 아이를 혼자 키우겠다며 양평에서 충주로 내려와 우리 집에 취직을 하고 살다가 남편이 찾아와 다시 화해를 했다는 것이다.

한동안 머리가 멍해졌다. 영민엄마의 비밀스런 외출은 우리 집에 김치를 산더미처럼 담가놓고 이제 달라질 남자를 만나 다시 재혼을 하게 된 것이다. 언제가 코로나가 없어지는 날 다시 놀러 올 거라는 전화 속에서 들리는 영민 엄마의 목소리는 가늘게 떨리고 있었다. 잘 살아야 한다는 말을 못한 채 그녀가 줄기차게 불러대던 '눈이 내리네'라는 노래를 느티나무 아래에서 읊조려 본다. 영민이 가족이 쓰고 간 책 이야기는 이렇게 이어지고 있다.

주인.
나를 춤추게 하라

햇살은 발밑까지 스며와서 온몸으로 스며든다. 어둠과 붉은 간판이 교차하며 밤을 지새우는 거리는 밤을 붙잡고 싶은 마음도 술을 더 먹고 싶은 목마름도 없다. 세상에 싸움이란 싸움이 사라진 거리는 정적만이 가득하다. 그 거리를 걸어 가락국숫집 문을 연다. 밤새 가게 안은 안녕하다. 수녀복을 벗고 앞치마를 입은 마리아가 갓일어난 풀꽃처럼 웃는다. 마리아는 가게 안에 있는 쪽방에서 잠을 잔다. 그녀에게 주어진 또하나의 수도원처럼 느껴진다. 아무도 없는 곳 사람의 발자국 소리, 다툼소리 웃음소리가 없는 침묵만이 남아 있는 충주 연수동 먹자골목을 마리아가 지키고 있다. 가게 안 오래 묵은 책들 속에 들어 있는 삶의 애환을 보듬고 오래된 인형들과 이야기하며 차분한 시간을 갖는다. 그녀가 이곳에서 나랑 국숫가게를 하고 있는 세월이 벌써 일 년이 지났다. 그녀가 이곳에 오기까지는 보이지 않은 삶의 인연이 들어 있을 것이다. 즉흥적인 생각이나 결정이 아니었다. 그녀랑 시인의 공원에 앉아 모닝커피를 마신다. 그녀는 작년 여름 코로나 등살에 손님이 없는 틈을 타서 커피 바리스타 공부를 했다. 이곳에 김치볶음밥과 국수와 홍어무침, 부침개, 막걸리가 있으니 밥과 술, 커피까지 있어야 진정한 휴식 공간이 된다는 것이다. 마리아는 커피 바리스타 자격증을 따기 위해 힘든 과정을 겪었다. 이론은 쉬웠지만 실기에서 라떼와 카푸치노 우유 거품 내는 일이 어렵다며 시간만 나면 주전자에 뜨거운 우유를 부어 거품 내는 연습을 했다. 그녀에게 커피 파는 수녀가 썩 잘 어울릴 거라 생각했다. 바리스타 자격증 시험 보는 날 젊은 사람들 틈에서 검은 치마와 레이스 달린 흰 블라우스를 입고 땀을 뻘뻘 흘리며 긴장하는 모습이 안타까웠지만 고급 원두커피 냄새가 우리 가게 안으로 스며 들고 있음을 알았다. 마리아. 그녀는 이렇게 '시인의 공원' 안에서 나랑 아침 커피를 마신다. 이제 봄이 성큼 성큼 걸어오고 있는 발자국 소리가 들린다.

"연희, 아침은 그냥 오는 것 같지 않아. 봄도 마찬가지야. 어젯밤에 이 거리에 혼자 남아서 생각하니 꼭 내가 삶의 배를 타고 이곳으로 흘러 들어와 섬에 표류하고 있다는 생각이 들었어. 인생의 어디 쯤에서 타고 온 배가 사라졌어. 넓은 바다 흐느끼는 갈매기 소리 실어나르는 파도의 아우성을 해석한다면 내 삶의 의문이 풀리지 않을까. 느티나무가 조금 있으면 잎을 드러낼 거야. 파도가 가고 오는 길에 하는 말을 알아듣고 싶어. 하늘을 향해 물어보고 싶은 말이 지금 사라지고 있어. 이렇게 어김없이 봄이 오기 전에 삼라만상은 전조 증상을 표현하고 있는데 무심하게 일상생활에 충실하며 살아왔나 싶다."

마리아는 느티나무 검은 가지 위에 푸른 빛이 돌고 있음을 알아차리고 있다. 마리아가 이곳에 남아 쪽방에서 잠을 자면서 그녀는 정말 하느님께 뜨거운 기도를 할까. 그녀에게 이런 일상적인 말을 물어볼 수가 없다.

위대한 외출

　눈꽃이 펑펑 쏟아지는 날, 긴치마 입고 가로등 아래 서 있습니다. 눈보다 눈 그림자가 먼저 땅 위에 내려와 우두커니 앉아 있습니다. 먹먹한 어둠을 내다보며 마음속이 치근거리기 시작합니다. 말을 하고 싶어서 입안에 군덕내가 나고 입술 한끝이 탑니다. 무거운 정적 속에 누군가를 붙잡고 하소연하고 싶었지만 들어줄 사람도 모여 앉은 사람도 없습니다. 어둠 속에 사라져 버릴 이의 흔적을 붙잡고 나는 아직 당신을 보낼 수 없다며 서른아홉의 어깃장을 부립니다. 층층이 눈이 남긴 흔적들이 얼음장이 되어 가슴을 무겁게 눌러 왔지만 그 한기를 껴안기에는 허약해서 절명한 듯 주저앉았습니다. 맞서 보리라 맞서보리라 긴 겨울밤 스멀스멀 봄내음이 찾아와 주었고, 간혹 누군가 한마디씩 언제 깊은 속내를 털어놓을 거야 물었습니다. 함박눈이 벅차게 휘날리고 막막한 길 위에서 그날 밤 이야기를 위해 뜨거운 불씨를 잡아당겨 촛불 하나 보탭니다.

손님.
숨어있는 사람

모두가 사라진 이 가게 안의 풍경은 나만의 것이 된다. 사람들이 머물다간 자리에 앉아 밖을 빼꼼히 쳐다본다. 여러 개의 발자국들을 지우느라 어둠이 움직인다. 사람들이 보이지 않고 느티나무가 흔들린다. 창밖의 느티나무를 바라보며 사람들의 체취를 이야기한다.

수녀원에서 휴가를 나와 이곳에 주저앉아 버린 나를 하느님의 법으로는 무엇이라 할까. 나는 아무렇지 않다. 나의 힘이 닿는데까지 하느님과 결혼하여 살았다. 집을 옮겨 산다는 것이 뭐 잘못된 일인가. 이사를 왔을 뿐이다. 즉흥적인 행동은 아니다. 나의 하느님은 나를 옥죄는 분이 아니다. 한없이 너그럽고 지혜로운 분이라서 이 세상에서 내가 행복하기를 바랄 뿐이다. 모두가 사라지면 강진에 살고 있는 첫사랑 진헌이 그립다. 연희가 알고 있는 오빠 친구는 오랜 시간이 지나도록 머리에서 지워지지 않는다. 진헌은 아직도 나를 애틋하게 생각하고 있을까. 수녀 생활을 하면서 진헌이란 이름은 지울 수가 없었다. 오빠랑 강진에서 자취를 할 때 진헌이 우리 집에 와서 맨날 잠을 잤다. 진헌의 집은 강진 남성리, 아버지가 '우리 병원'을 하는 삼층집이었다. 윤기가 나는 머리에 얼굴이 희고 콧날이 오똑했다. 그는 오빠랑 단짝이 되어서 우리 집에서 공부를 하면 잘되고 밥이 맛있다는 이유로 우리 집에 와서 먹고 자고 놀았다. 공부하는 모습은 많이 못 보고 오빠랑 강진 도서관에 갔다가 망덕산으로 등산을 하러 다녔다. 진헌은 우리 집에 어울리지 않는 듯했지만 소탈해 보였다. 연희가 진헌을 보러 우리 집에 자꾸 드나드는 것일까. 연희는 나팔바지에 오렌지 브라우스를 입고 나타났다. 그리고 한없이 웃어댔다. 하늘을 나는 새만 봐도 웃고, 떨어지는 나뭇잎만 봐도 웃는다는 말을 어디서 들은 듯한데 그녀의 웃음소리는 나를 보고 있지 않았다. 연희와 우리 오빠와 진헌오빠 이렇게 셋이 짝짝꿍이 되어 놀았다. 우리 오빠인 영현이가 팥들은 아이스크림을 사오고 진헌 오빠는 연희에게 『젊은 베르테르의 슬픔』이라는 책을 선물했다. 연희는 입을 크게 벌리며

"오빠, 나는 이 책이 너무 읽고 싶었어요. 서울 고모네 갔을 때 소희라는 사촌 언니가 도서관처럼 책을 많이 꽂아 놓고 살았지요. 그 책들이 얼마나 탐이 났는지 몰라요. 그중에 『젊은 베르테르의 슬픔』과 『제인에어』를 훔쳐서 내 가방에 넣었지요. 그런데 고모가 그것을 알아가지고 나를 도둑년이라 했어요. 얼마나 창피하고 무안했던지 다시는 서울 고모네 집에 가지 않을 거에요.

오빠. 내가 책을 좋아해서 고모네 책을 말없이 가방에 넣었다고 도둑년이라 해야 되나요. 나는 그때를 생각하면 진짜 도둑년으로 세상에서 살아가는 느낌이 와요. 강진 진밭뜰, 우리 집에는 책이 없어요, 서재가 있는 집에 태어났더라면 얼마나 좋았을까요. 진헌 오빠는 부자라서 좋겠어요. 이런 책을 나에게 줄 수 있어서. 내가 잘 보

고 마리아에게 빌려 줄게요. 내 꿈은 서재가 있는 집에서 사는 거예요. 먼지가 수북하게 쌓였지만 높게 서 있는 책장에서 책 냄새가 풍기는 방으로 쏟아지는 햇살을 받으며 책을 읽을 수 있다면 얼마나 행복할까요. 그런 미래를 꿈꾸고 있어요. 그중에 내가 쓴 책이 한 권쯤 꽂혀 있다면 얼마나 좋을까요."

연희는 거침없이 마음에 들어 있는 이야기를 꺼내서 우리 집 안에서 탈탈 털어 말린다. 이렇게 자신의 잘못을 죄책감 갖지 않고 아무렇지 않게 노출시켜도 되는 것일까. 진헌과 연희의 만남은 분명 말갛게 흐르는 전율이 있었다. 그렇지만 나는 연희가 없는 곳에서 진헌의 전화를 받는다. 휘몰아치는 강진 언덕에서 불어온 바람처럼 아직 그 바람을 부르며 붙잡고 싶다. 진헌의 전화번호를 오빠를 통해서 알아냈지만, 나는 연희에게 진헌 이야기를 하지 않고 입을 꾸욱 다문다. 키다리 연희가 또 끼어들어서 괴테의 『젊은 베르테르의 슬픔』 이야기를 해서 내가 진헌에게 들어갈 틈을 주지 않을 것 같다.

진헌은 고등학교에 국어 교사로 재직 중이다. 보고싶

다. 내가 이런 그리움 하나쯤 가슴에 담고 산다 한들, 신이 나에게 질투를 하겠는가. 한없이 너그러우시고 전능하신 하느님은 내가 인간적으로 행복하기를 바라실 것이다. 하느님의 성전 하나쯤 단전에 지어놓고 많은 세월 동안 수녀로 살았다. 이제 그만 다른 옷을 입어보고 다른 삶을 살아 봤다고 나를 수녀가 아니라 하겠는가. 진헌 오빠의 전화를 기다린다. 어둠 안을 뚫고 들어올 밝은 햇살같은 사람을 내 안에 가뒀다. 아무런 기척이 없는 연수동 먹자골목에 진헌의 목소리는 들리지 않는다.

주인.
함께 흔들린다

　마리아와 함께 아침 일찍 여주 신륵사로 향한다. 마리아가 빨간 애마라 부르는 프라이드를 운전하며 주일이면 될 수 있는 한 사찰을 찾아 다니기로 했다. 아직 겨울에서 봄이 깨어나지 못한 표정의 추위가 마리아와 나를 바라본다. 기어코 겨울을 밀어버리고 우리는 따뜻한 봄을 맞이할 것이다.

　차창 밖에는 아직도 게으른 겨울바람이 웅크리고 있다.

　"마리아야. 우리 정말 오랜만에 밖으로 나왔구나. 우리 중학 시절에 기억나니? 소풍을 해남 대흥사로 갔었지. 봄소풍 때 수녀님들과 대흥사 가는 길을 걸어가며 참으로 이상한 생각을 했거든. 천주님 믿으신 분들이 어떻게 절에 갈 수 있을까. 젬마수녀님의 십자가 달린 목걸이는 은색이었다. 작은 키에 잘 어울리는 수녀복, 흰 머리같은 수녀 모자. 날개만 달리면 하늘을 날을 것 처럼 환상적이었지. 그런데 대흥사의 풍경이 바람에 흔들릴 때마다 수녀님의 십자가가 함께 흔들린다는 것을 보았어. 젬마 수녀님이 대흥사 법당 안으로 들어가 부처님 앞에서 절을 하는 것을 똑똑히 보았다. 그래도 되는 것일까. 그때 하느님과 부처님은 반드시 다르다 생각했거든. 유쾌하게 웃으셨던 젬마 수녀님 참 많이 보고 싶구나. 지금도 살아 계실거야. 그때 우리 종교를 가르쳤지. 마리아, 너 알아? 우리 반에 〈여호아의 증인〉 친구가 있었다. 그 친구는 학교에서 기도시간에 절대로 성호경을 긋지 않았다. 성호경을 긋는다는 것을 우상숭배로 알았을까. 그 친구는 대흥사 절 안으로 들어가지 않고 절 밖에서 놀았다. 나는 그 친구가 자신의 생각을 확실하게 표현한다는 것이 자신 있어 보여서 좋았다.

마리야. 그 대흥사 천불상이 참으로 신기했어. 우리가

모르는 세계를 알고 있는 것처럼 느껴졌거든. 우리 언제가 될지 모르지만 꼭 시간 내서 강진 대흥사 놀러 가자. 그곳에 가서 우리의 소녀 시절을 데려오자. 너를 만난 후 나는 다시 강진이 그리워지기 시작했어. 한동안 우리 엄니 아부지 생각하며 강진을 생각하면 너무 가슴이 아파서 외면하고 싶었다. 고향이란 풍경은 사람의 가슴안에 무너지지 않는 집을 지어놓고 사시사철 바람이 불고 눈비가 내리며 꽃이 피고 지는 것 같아."

신륵사 입구에 씌여있는 불이문不二門을 보며 '두 가지의 생각을 하지마라'는 부처님의 말씀을 생각했다. 꽃샘바람에 마리아는 파란색 모자를 쓰고 나는 빨간색 모자를 쓰고 대웅전 안을 들여다 봤다.

"연희야, 봄소풍 때 너 기억나지? 내가 구름다리 올라가다가 낭떠러지로 떨어질 뻔했잖아? 그곳에서 서울 대학생 오빠가 내 손을 잡아끌어서 구름다리 위로 올려 주었지. 그때 내가 처음으로 이성의 감성을 느꼈단다. 그 오빠가 잡아준 손 안에 내 손이 부들부들 떨리면서 그 오빠랑 낭떠러지로 함께 떨어지고 싶었지. 그 구름다리 아래 바위가 있었다. 떨어지면 죽을 수도 있었지. 그런데 그 무엇이 나를 얼굴도 잘 모르는 서울 대학생 오빠에게 이끌리게 했을까. 생각하면 참으로 난감해. 나는 그때부터 대책 없는 아이였나 봐. 끌림이라는 것이 그렇게 쉽게 왔다가 지나가 버릴 줄이야. 아, 그 오빠는 지금 어디에서 무엇을 할까. 내 손을 잡아주었다는 것을 기억이나 할까. 상대는 아무런 기억이 없는데 내가 이런 감성을 갖고 살아왔다는 것이 너무 신기해. 나는 내 안으로 무엇인가 들어오면 내보내지 않으려는 속성을 갖고 있는 것 같아. 내 손을 잡아서 몸까지 끌어올려서 구름다리 위로 들어올려 준 서울 대학생 오빠는 내 허리에 살이 많이 보였다는 것도 모를 거야."

마리아의 얼굴에는 벌써 봄꽃이 피어난다. 마스크를 쓴 사람들이 우리 곁을 지나간다. 여주 신륵사 구룡루에 나온 선사가 아홉 마리의 용에게 항복을 받고 기도하기 위해 지었다는 전설 속으로 들어가는 듯한 마리아는 아무래도 우리들의 소녀시절에 있었던 세월을 세워놓고 놀고 있는 듯했다.

주인.
아주 특별한 선물

코로나 환자가 충주에 삼백 명이 넘었다. 사람들이 나오지 않는다. 전쟁 중에 있는 느낌이다. 이럴 때는 잘 먹어야지 하면서 마리아랑 보름밥을 해먹기로 했다. 연원시장에 가서 감자줄기, 시레기, 엄나무순 등 묵나물을 샀다. 싱싱한 봄동과 알이 찰져 보이는 꼬막이랑 오곡밥거리를 사들고 가게로 가는데 봄을 부르는 바람이 차다. 몇몇 아는 사람들이 마스크를 쓰고 지나간다. 간혹 눈이 마주쳐도 알 수 있을 것 같은 사람에게 눈으로 웃으며 인사를 한다. 마스크를 쓰고도 알 수 있는 사람은 참으로 친한 사람이다. 시장에서 빠져 나오는데 낯익은 할머니를 만났다. 오랜 전부터 가락국수 가게로 머리에 푸성귀를 이고 드나든 할머니다. 손님들이 조용해질 오후, 요즘 말로 '브레이크 타임'에 할머니는 나타나 머리에 이고 온 보따리를 풀어놓으며 사라는 시늉을 할 뿐 말을 하지 않는다. 요맘 때는 냉이 달래부터 시작해서 여름에는 호박, 가지, 오이 가을에는 붉은 고추, 늙은 호박, 땅콩 등을 이고 나타난다. 가지고 온 물건들은 늘 정갈해서 웬만하면 우리 집에서 해먹으려고 사곤했다. 할머니는 늘 나를 바라보며 낯익은 문턱을 드나들었다. 이천 원에서 오천 원 사이로 선심을 쓰듯 할머니가 이고 온 푸성귀를 사서 맛나게 먹으면서 할머니에게 선심을 베푸는 듯 자만심을 가졌다. 그런데 할머니의 말소리를 들어본 적이 없다. 호박이 천 원이면 손가락 하나를 펴고, 이천 원이면 손가락 두 개를 펴서 흥정을 했다. 어쩜 말을 하지 않는 할머니가 더 마음에 와 닿았는지 모른다.

어느날 김치를 산더미처럼 담그다가 허리가 삐끗해서 가게 쪽방에서 울고 있을 때 그 할머니가 와서 나를 안스럽다는 듯이 바라보다가 슬그머니 오이와 호박 가지를 부엌에 놓고 간 적이 있었다. 이미 할머니랑 마음이 오갔던 사이가 돼버려서 얼마나 마음이 짠했는지 모른다. 허리가 아파서 많이 울었던 날, 할머니를 보고 다시는 보지 못했다. 몇 년의 세월이 흐르고 나는 궁금증이 또 발동해서 알만한 사람들에게 할머니의 안부를 물었지만 서울 아들네를 따라갔다는 말이 있고, 지난 겨울에 얼어 돌아가셨다는 말도 들었다. 다시는 볼 수 없는 할머니가 내 가슴 안에 문간방 하나 지어놓고 살고 있었다는 것을 이제 알았다. 곱고 따뜻했고 정갈했던 할머니가 공짜로 먹으라고 놓고 간 푸성귀가 늘 그분의 논밭으로 가고 있었다.

어린 시절 강진 우리 진밭뜰 집 문간방에 곱게 비녀를 꽂던 할머니가 사셨다. 어머니는 그 할머니가 올 데 갈 데 없으니 문간방에서 기거하게 배려를 한 것이었다. 할머니는 얼마나 깨끗했던지 감나뭇집 앞마당을 늘 쓸었고 샘가에 있는 꽃밭에 잡초를 뽑았다. 그리고 잊혀지지 않는 미역 물김치를 만들어서 우리 밥상에 올려 놓았다. 깔끔하기로 소문난 언니는 그 새콤 달콤한 미역 냉채가 맛있다며 맛나게 먹었다. 그런데 방을 안 치우고 목욕을 잘 안 하고 어세부세 다니는 털털한 나는 할머니가 해 준 음식이라면 한 젓가락도 먹지 않았다. 겉은 털털하면서 속내에 못된 결벽증이 있다는 것을 나이먹은 지금에야 알았다. 장흥에서 시집와서 살던 할머니는 장흥 할머니 라 불렀다. 앞마당 감나무에서 떨어진 감꽃을 굵은 실에 끼워서 목걸이를 만들어 걸어 주고, 아카시아 꽃줄기로 머리를 말아 구불구불한 웨이브를 만들어 주던 장흥 할머니가 내가 좋아하는 옛날이야기를 해 줄 때는 정말 이야기 속에 나오는 주인공 같았다.

간혹 할머니가 비과나 눈깔사탕을 사서 손에 쥐어주면 달콤한 향기에 홀려 비닐을 술술 벗겨서 입에 넣었다. 장흥 할머니는 어느 날부터 기침을 하기 시작했다. 비가 오거나 바람이 부는 날이면 기침 소리가 우리 집 안방까지 들렸다. 금방 천둥이 치고 벼락이 떨어질 듯한 공포감이 몰려왔다. 숨이 멈춰 버릴 것 같은 밤을 지새우고 할머니는 밝은 햇살이 나면 얼굴이 누렇게 물들어 있었다. 장흥 할머니의 기력이 점점 약해지면서 어머니가 죽이나 누룽지를 끓여서 문간방으로 갖다주었다.

평소에 머리를 가지런하게 빗은 장흥 할머니가 방에서 나오지 않았다. 감나무에 단감이 투명하게 단내를 풍기는데 할머니는 방에만 계셨다. 이러다가 우리 집에서 돌아가시면 어떻게 장사를 지낼거냐며 어머니 친구들이 할머니를 나가라 하라고 말했지만 어머니는 아무 말도 하지 않았다.

어느 날 학교에서 돌아온 나를 보며 장흥 할머니는 힘없는 목소리로 불렀다. 두렵고 무서웠지만 가만가만 할머니 방으로 갔다. 할머니는 엉금엉금 기어 서랍장에서 돈을 꺼내어 주면서 구판장에 가서 쥐약을 사오라고 하면서 거스름 돈으로 눈깔사탕과 비과를 사먹으라 했다. 할머니가 왜 그런 약을 사러 보냈는지는 몰랐지만 달디 단 사탕에 마음이 끌려 신이 나서 구판장으로 가는데 시장을 다녀오던 어머니를 만났다. 할머니 심부름으로 쥐약을 사러 간다는 말에 어머니가 깜짝 놀라며 내 등을 툭툭 때리면서 큰 소리로 그러면 안 된다며 돈을 빼앗아서 집으로 달려갔다.

오후의 햇살은 나른했고 영문도 모른 채 어머니 뒤를 따라온 나는 감나무에 달린 붉은 빛 감이 늙어가고 있다는 것을 알았다. 어머니는 할머니를 큰소리로 혼내고 있었다.

장흥 할머니는 그 시절에 거절할 수 없는 폐병을 앓고 계셨다. 감나무 아래 문간방에서 장흥 할머니는 붉은 홍시가 떨어져 땅바닥에 흩어지듯이 빨간 피를 토해내고 있었던 것이다. 할머니가 쥐약을 사오라했던 끔찍한 심부름을 생각하면 지금도 소름이 돋는다. 하마터면 씻을 수 없는 상처를 끌어안고 살 뻔했던 시절이었다. 결국 장흥 할머니는 나에게 비과며 눈깔 사탕을 사먹으라며 구겨진 돈을 안겨 주고 세상을 떠났다. 붉은 홍시가 떨어져 퍼지듯이 피를 쏟아내며 하늘나라로 가셨다.

이곳에서 해진 마스크를 쓰고 앉아 있는 할머니는 나를 본다. 과연 알아볼까. 할머니가 알아보는 눈치다. 오래 전부터 가락국숫집을 드나들며 푸성귀를 팔았고 허리 아프다고 울고 있는 나에게 돈을 받지 않고 푸성귀를 놓고 간 할머니가 장흥 할머니처럼 와닿는다. 할머니를 바라보며 겨울 눈비 얼음 속에서 꿋꿋하게 자라난 냉이와 달래를 산다. 마스크 속에서

"애기 엄마, 오천 원이에요. 어제 뜯은 나물이라서 맛있어요."

할머니가 말을 한다. 오래된 기억들이 얼음 땅속에서 햇살을 받아 엉금엉금 기어 나온다.

춤추는 느티나무

비닐문 밖 느티나무는
국숫집 안을 들여다 보다가
지루해지면
몸을 요리조리 비틀어
춤을 추기 시작한다
나른해지는 날이면
화끈하게 비닐문을 뚫고
국숫집 안으로 들어가
나뭇가지를 흔들며
춤을 춘다

손님.
꽃수녀의 웃음

웃을 일이 없는 요즈음 배꼽이 도망가도록 웃었다.

시인 아저씨가 몸이 좋지 않다고 엄살을 피기 시작한 다. 여기저기 이곳저곳이 아프다며 그렇게 즐기던 술을 먹지 않으면서 얼마 전부터 몸에 좋은 음식을 찾는다. 나이 드신 분들은 하루가 다르게 건강에 변화가 있다. 코로나 환자가 삼백 명이 훌쩍 넘어서 사람들이 저녁시 간에 들지 않는다. 점심시간이면 직장인들 몇 팀이 마지 못해 와서 돈가스와 우동 김치볶음밥과 오징어덮밥을 먹고 간다. 낮에 일하는 알바생이 손님이 없다는 이유로 스스로 그만 두어서 연희랑 함께 점심시간 한 시간이 늘 긴장된다. 그 많은 손님을 어디로 갔을까. 이러다가 가락국숫집이 문을 닫을까 은근히 겁이 난다. 오래 장사를 해온 연희는 입버릇처럼 이곳에서는 돈과 상관없는 일을 하고 싶다며 유쾌한 말을 하지만 가게를 운영하려면 전기세, 물세, 재료값, 연료비, 운영비가 많이 들어간다. 나는 이 집이 좋아 연희랑 돈 계산하지 않으며 맹한 세월을 이곳에서 마치고 싶은데 위기가 오고 있지 않나 은근히 걱정된다. 오후 쉬는 시간에 떠나간 주방아줌마를 보러 왔던 예술가들이 줄줄이 사탕으로 이 집에 이어지고 있다. 슬쩍 전에 있던 주방아줌마가 어디 갔느냐 물으면서 나에게 달려온다. 사람 사는 세상에 돈 없이 그냥 올 수 있는 집이 있다는 것이 얼마나 다행한 일인가.

기타 치는 시인이 나에게 와서 "꽃수녀님. 누룽지가 먹고 싶어요. 누룽지 좀 끓여주세요. 요즈음 입맛이 없어서요. 제가 며칠 전에 삼박 사일을 원주 기독교 병원에서 보냈거든요. 갑자기 가슴이 막혀서 119를 불러서 타고 병원 응급실에 갔어요. '코로나 후유증으로 나는 이제 죽었구나' 하는 생각이 들었어요. 느닷없이 가슴이 꽉 막혀서 숨을 못쉬겠더라구요. 그때 기타 치는 경식이가 아니었으면 큰일 날뻔했어요. 경식이가 119를 불러서 나를 데리고 함께 병원으로 갔어요. 그래서 오늘 경식이에게 밥을 좀 사줄려구요. 꽃수녀님! 요단강 건너가기 직전에 살아났답니다. 협심증이라 하네요. 그리고 우울증까지 겹쳤대요. 공황장애요. 이렇게 갑자기 병명이 많이 붙게 되어서 약을 한 주먹을 먹는다네요. 사는 것이 별것 없더라구요. 연희씨는 요즈음 손님도 없는데 내가 원주기독교 병원에 가서 죽다살아났다는 것도 모르고 내가 나타나지 않아도 궁금해 하지 않았나요? 말만 친구지 내가 죽어도 모른다니까요. 그동안 내가 살아온 삶이 만만하지 않았어요. 얼마나 속을 많이 끓이고 살았는지 연희씨도 모르고 우리 글쓰는 동아리 친구들도 모르죠. 속에 들어가 보지 않으면 모른다고요."

연희가 옆에 있다가 한마디 한다.

"우 시인님. 무슨 복이 있어서 그렇게 빨리 하늘나라에 갈 수 있대요. 그렇게 시원하게 한 방에 갈 수 있는 복을 타고난 것 같지 않아요. 우 시인님이 아끼는 그 많은 재산과 돈을 어떻게 할려구요. 우 시인님은 옷도 안 사

입고 양말도 안 사고 먹는 음식도 돈들어가는 것을 안 사 먹는 자린고비지 않아요. 세상 부질없는 것이니 이제부터 맛있는 음식, 멋진 옷, 좋은 집에서 호의호식하며 살다 가세요. 돈도 써본 사람이 쓰지 아무나 못쓰는 것이라구요. 황창연 신부님이 강론에서 돈을 멋있게 쓰고, 죽을때는 장사비 오백만 원만 남겨 놓고 죽으라 하대요.

우 시인님, 오늘부터 우리 집에서 김치볶음밥에 돼지고기 넣어 볶아 달라는 말을 거두고, 바로 옆 참치집에서 고단백질 참치를 드세요. 아니면 이곳으로 배달해서 먹어요. 우리도 한 처름 얻어 먹게요. 무슨 영양가 없는 누룽지나 김치볶음밥이에요. 몸에 좋은 보배 같은 음식을 먹을 자격이 있지 않아요? 죽을 때 돈을 가져 갈 것도 아닌데 자린고비가 돼가지고 라면 국물도 남으면 포장해서 가시지 않아요. 자식들에게 그 많은 돈을 남기고 가면 뭐해요. 이제부터 자신을 위해서 돈 쓰는 일을 하세요. 그것이 가락국숫집에서 주는 인생숙제입니다. 집에서 보일러도 팡팡 틀어서 따순 물로 목욕하고, 여행도 다니며 글을 쓰세요. 등따습고 배부르면 글이 안나온다는 청승을 접구요, 내 몸을 위해 최선을 다해 살으시라구요. 내가 나를 아끼고 위하는 사랑이라는 말을 되새기며 내일부터 우리 집에 와서 돼지고기 듬뿍 넣어 김치볶음밥 해달라는 말을 거두세요."

연희는 미리 인터뷰를 준비해 온 것처럼 말을 빨리 쉽게 했다. 그러자 우 시인이 가만히 있지 않는다.

"꽃수녀님, 친구 연희씨가 하는 말이 맞다고 생각하십니까? 내가 어려서 먹을 것이 없어서 사카린, 당원 물을 바가지에 타서 마시고 저녁을 못먹고 살았어요. 얼마나 가난했던지 단물을 마시고 하늘을 쳐다보면 하늘에 떠 있는 별들이 빙글빙글 돌았어요. 지긋지긋한 가난 속에서 독학을 해 7급 공무원으로 퇴직하고 사는 것이 기적 같은 일이에요. 나는 그 시절을 생각하면 밥 한 톨도 허투로 버릴 수 없어요. 무엇 때문에 좋은 옷, 좋은 집, 좋은 음식을 찾아야 하나요. 아직도 연희씨는 철이 덜들었어요. 내가 이번에 중원문학에서 주최하는 언론 창작기금을 받으면 비싼 참치는 못 사도 문어 한 마리는 사와서 초고추장에 찍어 먹을까 봐요."

우 시인은 머리부터 발끝까지 검소하기 그지없는 차림새를 하고 있다. 타고 다니는 차가 얼마나 낡았는지 덜커덩 거리는 소리가 크게 난다며 지인들이 차를 바꿔야 한다고 말한다.

이렇게 검소한 사람이 어떻게 불우이웃 돕기를 이십 년 넘게 하고 있는지 이해하기가 어렵다. 우 시인이 시청에 근무하면서 충주댐에 출장 나왔다가 숲속으로 아이들이 책가방을 메고 들어가는 모습이 갑자기 사진처럼 가슴에 찍혔다. 그 아이들을 따라 숲길을 걸어 들어가니 소나무와 들풀이 와 닿을 것 같은 깊은 산속이었다. 정겨움이 와 닿았다. 아이들이 들어가는 집은 숲속의 산사였다. 그곳 아이들은 하늘에 있는 햇살과 달빛을 받으며 살아가고 있었다. 어떻게든 도와야 한다는 생각으로 충주 시인의 공원에서 거리공연을 시작했다. 누가 뭐래도 배고픈 사람, 특히 어린 아이는 어른이 도와야 한다는 생각으로 기타를 치며 노래를 불렀다. 낡은 라면 상자 위에 자선함이란 글을 써붙이고 부모가 없어서 외롭고 슬픈 아이들을 위하여 자린고비 정신으로 자선함에 돈을 모으기 시작했다.

진정한 사랑을 실천하기란 본인이 갖출 것 다 갖추고는 할 수 없다는 것을 안다. 약간 부웅 뜬 우 시인이 공황 장애에서 풀려났으면 좋겠다. 그리고 오래된 고물차가 빨리 멈추어 버렸으면 얼마나 안심이 될까? 원로 시인으로 언론 창작기금을 받아서 맛있는 참치회 좀 시켜 왔으면 좋겠다며 연희가 또 그칠 줄 모르는 웃음을 웃어댄다. 덩달아서 나도 우 시인도 다른 시인들도 더 크게 웃는다.

주인.
노랑나비의 꿈

  거리에서 사람들의 발걸음 따라 밤 냄새가 난다. 퇴근을 하고 집에 가는 길은 무겁지만 가볍다. '꽃을 든 남자', '둥근 노래방', '술 먹은 암탉' 이런 간판의 가게가 나를 은근히 끌어당긴다. 많은 세월 속에 우두커니 서 있는 간판들은 그 시절의 사람 흔적을 기억할 것이다. 방역수칙으로 아홉시가 되면 일제히 불이 나간 후 숨을 쉬지 않는 간판은 잠을 잔다. 이 시간 호영이가 우리 가게에서 제일 오래 남았다. 나와 함께 이 길을 걸어간다. 누군가 옆에 있어서 함께 걷는 것보다 홀로 이 어둠을 헤치고 걷는 시간이 나에게는 유일한 휴식인다.
  그런데 호영이가 뜸금없이 나타나 비틀거리는 걸음으

로 나를 따라 걷는다.

"누님, 지금 나는 우리 딸이 정신과 병원에 입원해 있어서 괴로워요. 언제 어디서 불길한 전화가 올까봐 늘 가슴을 졸여요. 우리 딸이 얼마나 예쁘고 멋있게 생겼는 줄 아세요. 우리 딸이 서울에 있는 예술대학에 다녀요. 모델로 으뜸이고, 배우로도 아주 유망주에요. 그런데 어느 날 갑자기 "아빠, 나 죽고 싶어요. 자꾸만 베란다에서 떨어져서 노랑나비가 되고 싶어요." 이러는 거에요. 우리 딸이 엄마없이 나랑 사느라 힘들었겠지요. 엄마의 자리를 내가 채워주면 될 줄 알았는데 그것이 아니더라구요. 엄마의 자리에 엄마가 없어서 이렇게 가슴이 아프답니다. 나를 닮아서 그림을 얼마나 잘 그리는지 아세요. 어릴 때 떠나간 엄마 얼굴을 단 한번도 보여주지 않았는데 상상속 엄마 얼굴을 똑같이 그리더라구요. 세상에 피는 못 속인다고 손톱과 발톱이 엄마를 닮았고 웃는 모습까지 닮았어요. 내가 대기업을 다녔기에 딸에게 부족함이 없이 다해 주고 싶어서 무지 애를 썼지만, 할머니랑 자라면서 엄마의 빈자리가 부족했나봐요. 아내가 결혼

후 딸을 낳고 갑자기 산후 우울증이 왔어요. 어르고 달래며 병원에 다니면서 고쳐보려 애를 썼는데 잘 안 되더라구요. 어느 날 내가 퇴근해 오니 시어머니를 불러놓고 가버렸어요. 그날은 노란 개나리가 담너머로 피어있었고, 우리 딸은 노란 내복을 입고 나를 보고 웃었어요. 이기가 막힌 현실을 어떻게 해야 하나, 운명이란 이런 것인가. 나는 회사에 휴가를 내고 집 나간 아내를 찾아 나섰지요. 그런데 아내는 아직까지 돌아오지 않았어요. 서울 명문대를 나온 아내는 늘 드라마 작가가 되겠다는 꿈을 갖고 살았거든요. 그래서 아내의 이름이 텔레비전에 나올까 봐 지금도 드라마를 보며 작가 이름을 확인하지요. 세상살이는 드라마보다 더 드라마 같은 일이 일어나요. 소설을 좋아하는 연희 누님이 세상을 바라보는 눈은 어떠신지 궁금합니다. 더욱더 소설스럽지 않을까요. 그러니 드라마나 소설은 섣부르게 인생이야기를 하면 안된다는 것이지요. 연희 누님도 혹시 내가 오늘 하고 있는 이야기를 함부로 쓰면 안 돼요. 나는 비련의 남주인공으로 살아오지 않았어요. 우리 딸 키우느라 세월 가는

지 모르고 살았지요. 스물여덟 살이 된 딸이 엄마 나이
가 되어 우울증을 앓고 있으니 내가 기가 막혀서 저 하늘
의 별을 보며 무슨 말을 할까요. 그러니까 인생이라해야
하나요. 이렇게 이어지는 낯익은 이야기를 되풀이해서
내게 무슨 깨달음을 주려고 운명의 끈은 질기게 이어지
고 있는 것일까요. 이제 모든 것은 내 손에서 떠났고 더
이상 책임질 필요가 없지 않아요? 드라마 작가 김용희를
기억하세요. 이제 나는 드라마를 보지 않을 것입니다.
김용희가 쓴 드라마를 우리 딸이 볼까봐 겁이 나요."

　호영이가 나를 보고 별빛을 쏟아내듯이 말을 한다. 호
영은 늘 혼자 우리 집에 와서 가락국수 한 그릇에 정종
한 잔을 마셨다. '전쟁과 평화'라는 호프집에 나를 닮은
여자가 장사를 한다는 말을 한다. 『전쟁과 평화』라는 톨
스토이의 소설이 생각나서 나는 그 집을 가서 두리번거
리며 사장을 찾았지만 나를 닮은 '전쟁과 평화' 사장님을
만나보지 못했다. 왠지 닮았다는 말에 은근히 정이 간
다. 언젠가 그 사장을 만나 이야기를 하고 싶다. 호영은
빠른 걸음으로 우리 집 옆집으로 들어간다. 나는 화요일

밤 드라마를 볼 것이다. 꼭 드라마 작가 이름을 보고 싶다. 개나리가 만발한 들판 위에서 노랑 나비가 싱그런 웃음을 휘날리며 날아오르는 드라마를 보고 싶다. 술을 먹고 나를 따라와 딸 이야기를 하며 집으로 들어간 호영이가 우리 집 문을 두드린다. 호영이는 가슴을 후벼 파는 목소리로 세상에서 가장 예쁘고 보배인 딸이 노랑나비가 되어 병원에서 힘껏 날개짓을 하며 날아가 버렸다고 울었다. 자식을 잃고 우는 호영이의 가슴 속을 봤다. 무슨 말로 위로가 될까. 딸이 혹 개나리꽃 그늘에 행여 숨어있지 않을까. 노랑나비는 개나리꽃을 좋아해서 딸이 세상에서 피지 못한 꽃망울을 꼭 한 번은 피울 수 있게 도와줄 거라는 근거 없는 위로를 호영이에게 하고 있다.

단골

손님.
천국 가는 길

    전나무 길을 걷는다. 이렇게 즐비하게 어깨를 나란히 하고 서 있는 전나무는 높지만 낮은 내 어깨만큼 눈높이를 낮춘다. 주일이면 성당에서 첫 미사를 드린 후 절을 찾는다. 연희와 나는 부안에 있는 내소사에 왔다. 사철 푸른 전나무 길을 연희와 손잡고 걷는다. 충청도에 벗어놓고 온 옷을 까마득하게 잊고 다시 전라도 여자가 된다.

    "마리아야. 나 이제 충청도로 돌아가고 싶지 않아. 이곳에서 살고 싶다. 나는 변덕쟁인가 봐. 이곳 숲길에 들어서니 꼭 나란히 서 있는 전나무 길이 내소사 가는 길이 아니라 천국 가는 길 같다. 사후세계를 걷는 느낌이다.

그 길에는 이렇게 즐비하게 죽은 사람들이 걸어가겠지, 죽음이란 이렇게 외롭지 않을 것 같아. 수많은 사람 중에 이 시간에 죽은 이들이 천국 가는 길을 가는 거야. 촘촘하지는 않지만 듬성듬성하게 서 있는 전나무와 측백나무들이 길을 만들고 그 너머에 시냇물이 흐르지. 서로 손을 잡을 만큼은 친하지 않지만 터벅터벅 함께 걸어갈 거야. 어쩌다가 눈에 익은 사람을 만날지 모르지. 그러면 얼마나 반가울까. 내가 읽은 책 중에서 베르베르의『죽음』이란 책 속에서는 죽은 사람들이 막 날아다니더라 새처럼. 그런데 내 생각은 날아다닐 만큼 유능하지 못해서 걸어 다닐 것 같아.

마리아야! 사람에게 참 평등한 행복을 신이 주었지. 그렇지 않으면 얼마나 불공평해. 죽음이라는 것이 모든 사람들에게 주어진다는 것이 참으로 좋아. 이 세상이 모두 가진 것과 못 가진 것에 대한 차별이 존재하는 데도 죽음이란 평등한 선물이 있다는 것이 얼마나 통쾌한 일이야. 나는 내가 결혼한 예수님, 그리고 부처님 그 정도의 빽으로 살고 있다. 내가 원하면 모두 나를 도와준다는 것이 얼마나 좋아. 그리고 이 세상에 인연이란 것이 참 신기하지. 왜냐하면 우리가 충주에서 가락국숫집을 하며 살아간다는 것이 기적 같기도 해. 너랑 나랑 다시 만나 이곳에 오니 다시 전라도 여자가 되는 느낌이다. 그렇지만 나는 충청도에서 많이 살아서 가슴깊이 충청도 숨결이 흐르고 있단다. '시인의 공원' 옆에 가락국숫집 그것이 내 인생의 우뚝 서있는 전나무와 측백나무 같은 푸르른 집이야. 그곳을 떠나서 살아갈 수 있을까. 나 죽으면 나의 흔적을 충주 시인의 공원 안에 조금 뿌려 달라는 말을 아이들에게 했단다. 그것도 하나의 욕심이겠지만 그런 내가 나는 좋아. 살아서 행복을 느낄수 있는 장소가 있어서 좋아. 마리아야, 내소사 가는 이 전나무 길을 우리 둘이 걸어서 대웅전을 지나서 다시 걸어보자."

　푸른 커튼이 바람에 나부낀다. 전나무 길은 바람이 불어도 잔잔하다. 전나무 길이 천국 가는 길이라는 연희의 말이 싱그럽다. 내소사 가는 길은 밖에 있는 일보다 안에 있는 나를 찾아가는 느낌이 들었다. 죽음 후의 길이 어떤 길이라는 것을 당장 말해주는 사람이 없어서 얼마나 다행한 일인가. 곰소에서 풍겨오는 젓갈냄새는 저 너머 천국 가는 길이 아니라, 영광 법성포 굴비 먹으러 가는 길이 있겠지.

단골집

가락국수에 막걸리 한 잔 마시고 싶다
국수 끓이는 머리 묶은
여자는 보이지 않는다

돈과 상관없이 불쑥 기어 들어가
난롯불에 장작 몇 개 넣어주면
머리 묶은 여자가 투박하게 다가와
막걸리 한 잔 찌끄려 주는 집

어두운 구석 벽에 붙은 낙서들이
제 주인을 찾은 듯 반갑게 맞아준다

셈이 없어서 좋고 나누다만 이야기는 버려도 좋다
먹다만 술잔이 국수 가락에 걸려 나부끼는
이상한 국숫집에 가면
간혹 억새풀같은 미성년자를 만나도 좋다

손님·
뿌리 내린 집

서울로 발령이 나서 갔다. 주말이면 이 집을 못잊어 내려온다. 연수동 '시인의 공원'이 내 가슴 안에 자리잡았다. 꽃샘바람이 불어왔으려니 생각했는데 아예 이곳에 자리를 잡아 뿌리를 내리며 살고 싶다. 무슨 마력이 이곳으로 나를 잡아당길까. 머뭇거리며 자꾸만 이곳에 주저 앉고싶은 마음은 무엇일까.

꽃수녀님의 해맑은 미소가 떠오른다. 아득한 나라에서 꽃바람을 타고 가락국숫집 부엌으로 들어와 앞치마에 수놓아진 들꽃들에게 촉촉히 물이 배도록 설거지를 하던 꽃수녀가 생각이 난다. 서울 동숭동 '마로니에 공원' 의자에 앉아 있으면 충주 '시인의 공원' 안에 들어온 느낌이 든다. 그 안에 들어 있는 느티나무의 무수한 이 파리들이 흔들리며 사람들 가슴 안에 들어있는 각자의 사연들이 함께 흔들린다.

충주 지방법원으로 발령이 나서 충주로 내려 온 날, 우연히 연수동 가락국숫집 이야기가 실려있는 기사를 봤다. 아는 사람이 없어서 어쩌면 삭막할 것 같은 낯설음을 달래며 제일 먼저 법원에서 가까운 가락국숫집을 찾았다. 키가 큰 아줌마와 키가 작은 채송화 닮은 아줌마 둘이 도란도란 앉아 너스레를 떨고 있었다. 오다가다 들리는 옛날 외갓집 같다고 해야 하나. 편하지만 느슨하지 않고 아늑하지만 헤프지 않은 느낌이다. 아줌마들은 나를 바라보며 눈인사를 할 뿐 그렇게 반기지 않고 둘이서 무슨 이야기에 빠졌는지 까르륵 까르륵 웃기 시작했다. 의자에 앉아서 들고 온 신문을 아줌마들 앞에 놓으며 이 기사를 보고 왔다는 말을 했다. 키가 큰 아줌마는 겸연쩍게 웃으면서 부엌으로 들어갔다. 이렇게 충주에 도착해서 가락국수와 김밥으로 점심을 먹었다. 그 후로 줄곧 무엇에 끌린 듯 이 집을 들락거리게 되었다. 법원에 근무한다는 말을 하지 않은 채 아줌마들과 친해졌고 간간한 가락국수 맛에 정이 들기 시작했다. 그런데 어느 날 가락국숫집에 갔더니 아줌마들의 분위기가 우울하게 느껴졌다. 무슨 일일까. 누가 이 아줌마들을 심각하게 만들었을까. 꽃수녀가 억울하다는 말을 하기 시작했다. 며칠 전에 연희 아줌마는 쪽방에서 잠을 자고 꽃수녀는 술에 취해 들어온 아가씨들에게 가락국수 두 그릇과 소주 한 병을 주었다는 것이다. 그런데 그 후 두 명의 아가씨가 더 들어와 앉아 있었다는 것이다. 세 명의 아가씨가 술을 마셨고 두 명은 국수도 술도 먹지 않고 있다가 그냥 '시인의 공원'으로 나가서 꽃수녀가 뒤따라 가서 음식값을 달라 했더니 갑자기 공원에 앉아 있던 남자 둘이 이 중에 미성년자가 있으니 신고하겠다는 것이다.

꽃수녀는 억울해서 처음에 들어온 아가씨들에게 술을 주었고 나중 들어온 아가씨는 술을 먹지 않았다는 말을 했다. 신고한다는 말이 협박처럼 느껴져서 신고하려면 하라고 정의롭게 말을 한 것이다. 그런데 정말 신고를 해서 경찰이 왔고 현장에 그들이 먹었던 가락국수와 소주잔은 이미 치워진 뒤였다. 경찰은 아가씨들을 데리고 경찰서로 가서 조서를 꾸미기 시작했다. 국수와 소주를 먹었던 아가씨 셋과 어디서 술을 잔뜩 먹고온 미성년자 둘이 모두 술에 취해 조서를 받으면서 빨리 집에 가고 싶은 마음에 어디서 술을 먹었는지 몰라서 귀찮고 졸려서 가락국숫집에서 먹었다고 대답하고 집에 갔다는 것이다. 그래서 이 집은 미성년자에게 술을 파는 집으로 찍혀서 문을 두 달 닫게 되었다는 것이다. 꽃수녀는 그 고운 미소를 지운 채 억울하다며 눈물을 보였다. 이런 모습을 보며 가슴이 아파서 검찰에 가서 억울함을 있는 그대로 증언하라는 말을 해 주었다. 죄가 아닌 것을 죄로 만든 것이 법이 아니라 죄 아님의 결백을 밝혀 주는 것이 또한 정의로운 법이 아닌가. 쉽게 벗겨질 줄 알았다. 너무 상심하지 말라는 희망을 주며 느티나무가 있는 시인의 공원에서 나와서 하늘을 봤다. 마음 같아서는 당장 내가 대신 검찰로 넘어간 사건으로 들어가 해결해 주고 싶었다.

술을 깬 아가씨들이 그 집에서 술을 먹지 않았다며 가

락국숫집에 전화를 했지만 녹음이 되지 않았다. 아가씨들이 법원까지 가서 증언해 무죄를 인정받았는데 검찰이 항소를 해서 결국 유죄로 판결받게 된다. 가락국수 아줌마들이 정의를 위해 따지겠다며 대법원까지 갔는데 결국 지고 만다. 검찰이 항소할 때 어린 아가씨들에게 국숫집에서 술을 먹었다는 거짓을 무섭게 강요해서 그렇게 판결이 난 것이다. 그동안 옆에서 지켜본 꽃수녀와 주인아줌마의 애통함을 알면서 도움이 되지 못함을 털어놓고 싶었다. 꽃수녀와 주인아줌마는 법이라하면 그쪽으로 고개도 돌리기 싫다는 말을 했다. 법없이 살 수 있는 선량한 아줌마들이 법원을 들락거리며 겪어야했던 고통을 옆에서 봤다. 그 술을 가락국숫집에서 먹지 않았던 그 아가씨들은 이 집을 기억하며 어떤 생각을 할까.

바람이 많이 차다. 국숫집에는 손님이 북적거리지 않는다. 간간히 이 집 안으로 따뜻한 바람이 불어 오기를 바란다. 꽃수녀의 얼굴은 서울에서는 볼 수 없는 순박한 얼굴이다.

무언

하고 싶은 말이 많아
살랑대는 느티나무 잎에
내 입술 포개 버린다

주인.
뽑혀진 나무 뿌리

그날 있었던 일을 모른다. 쪽방에서 잠을 자고 있었기 때문이다. 주방일을 맡아서 하고있는 마리아가 불미스런 이야기를 했다. 갑자기 아가씨들이 들어와서 가락국수와 소주 한 병을 먹었고, 그 후 아가씨 둘이 들어와서 다른 데서 먹고 온 술에 취해서 탁자에 머리를 묻고 있다가 돈을 내지 않고 '시인의 공원'으로 도망을 가는 바람에 따라 가서 돈을 달라 했더니 그중에 미성년자가 있었다며 남자 친구들이 경찰에 신고를 했다는 것이다.

마리아는 아닌 것에 대해서는 아니라 해야 정답이라 생각하는 친구라서 이것은 정말 억울한 일이니 법정에 가서 진실과 오해를 규명해 보자는 것이다. 아무것도 아닌 것이 아무것이 될 수 있다는 생각이 들었다. 마리아가 잘못을 했다면 미성년자를 받았다는 죄로 두 달 쉬고, 문 닫고 여행이라도 가면 되는데 하는 생각을 했다. 하지만 마리아가 극구 정의를 부르짖고 나오니 그 정의를 따라가야 한다는 생각이 들었다.

위생과에 가서 진실을 이야기해 봤자 한번 조서가 꾸며진 다음에는 아무리 애를 써도 바위에 계란 치기라는 말을 했다. 모든 행정은 꾸미는 조서대로 움직인다는 생각이 들었다.

오월의 장미가 한참 이쁘게 촛불을 켜고 우리들을 바라볼 때 마리아와 나는 진실게임에 도전했다. 법원의 직원들이 고개를 갸우뚱하며 귀찮은 이유를 다는 것처럼 냉랭하게 우리의 정의를 무시하는 느낌이었다.

술을 먹었다는 본인들의 신고에 열중하는 법이 무슨 시민을 위한 법이냐는 생각에 나는 꼭 진실을 밝히고 말겠다는 생각이 굳어지고 있었다. 마리아는 자신 때문에 오래된 국숫집이 문을 닫을까 봐 겁에 질려 있었다. 그냥 포기하고 여행이나 가자는 말을 던져봤지만, 마리아는 그것은 책임회피며 정의를 굽히는 졸렬한 행위라며 극구 법으로 가서 증명하자는 말을 했다.

그때 우리 집에도 CCTV가 있었는데 그것을 보며 증거를 찾으려 하지 않은 어리석은 나는 법원을 쫓아간다는 것이 무섭고 겁이 났다. 면허증을 따놓고도 사고가 나면 법원에 가야한다는 두려움 때문에 한번도 운전을 하지 못했다.

법정 싸움을 시작하고 며칠이 지난 어느 날 오후 우희라는 아가씨가 전화를 했다.

"아줌마, 나 그 집에서 술을 먹지도 않았는데 왜 내가 법정에 가야 합니까. 우리는 '시인의 공원' 근처 슈퍼에서 술을 사다가 먹고 친구 선희랑 함께 선배 언니 만나러 국숫집에 갔을 뿐이에요. 남자 친구 오빠들이 신고를 해서 경찰서에 갔을 때 우리는 술을 먹지 않았다 하니까 경찰관 아저씨가 거짓말을 한다며 계속 거짓말하면 날이 새도록 집에 보내주지 않는다 해서 마지못해 비몽사몽 마셨다고 거짓말하고 집에 와 버린 것이에요. 정말 그 집에서 술을 먹지 않았어요. 우리 엄마 아빠도 '호박 백

반집'을 하는데 왜 내가 그런 짓을 하겠어요. 제가 법정에 가서 증언할 거예요. 그날 있었던 이야기를요."

우희와 선희의 말에 안심을 하고 마리아와 나는 '호박식당'이란 이름이 특이하다며 다음에 가서 밥을 먹자고 웃음꽃을 피웠다. 진실은 죽지 않는다는 말을 밥먹듯이 해온 우리에게 정의로운 세상이 열린 것이다. 그런데 우리 집에 다니는 법원 아저씨가 그런 사실을 녹취하라는 말을 했는데, 선뜻 그런 일이 무슨 큰 잘못 같아서 전화 녹취를 하지않고 그냥 있었다.

법원 가는 날 우희와 선희가 우리 집에 와서 같이 가자는 말을 했다. 마리아는 국수와 김밥을 아이들에게 먹이고 함께 택시를 타고 법정에 갔다. 법정에서 아가씨들이 아주 유쾌하게 국숫집에서 술을 먹은 것이 아니라 '시인의 공원' 벤취에 앉아서 술을 먹었다며 웃으면서 증언을 했다.

그때부터 안경을 쓰고 코가 높은 젊은 검사는 화가 나서 위증죄가 된다면서 아이들을 윽박지르기 시작했다. 그렇지만 두 아가씨의 명쾌한 증언과 판사의 지혜로운 판결 덕으로 우리는 무죄를 받아 내고 얼마나 기뻐했는지 모른다. 이 세상을 다 얻은 것 같았다. 하느님은 정의로운 사람의 편이라는 것을 외치며 기뻐했다. 법원 담 너머에 능소화가 환하게 피었고 법원이 무섭고 겁나는 곳이 아니고 따뜻하고 정의로운 집이라는 것을 알았다. 우리 집에 드나든 법원 사람들은 이 사실을 알고 함께 기뻐하며 좋아했다.

그런데 얼마 후 검찰이 항소를 한 것이다.

또다시 머리 아픈 싸움이 시작되는데, '호박식당'을 운영하는 우희 아버지가 전화를 해서 우리 애가 그곳에서 술을 먹지 않았다하는데 술을 먹었다며 검사가 법원으로 오라하니 가락국숫집에서 책임을 지라는 말을 격하게 했다. 법정 싸움은 시작되어 머리 아픈 싸움에 말려든 느낌이었다. 마리아를 검사가 불러서 8시간 조서를 받았다. 나는 또다른 정의감과 불쾌감에 마리아를 구하러 검찰에 갔다. 무슨 죄가 있어서 8시간을 잡아 놓느냐 차라리 국숫집 문 닫게 하고 싶으면 문을 닫겠다며 울음 섞인 목소리로 정의를 외쳤다. 우리 사건을 맡았던 검사는 내가 했던 말이 또한 검사실에 와서 횡포를 부렸다며 죄를 하나 더 만들었다. 이런 어처구니 없는 일에 휘말린 상황이 마리아와 나를 못견디게 아프게 했다. 대한민국 법이 이렇게 졸렬한가, 아닌 것을 아니다 해주어야 법이 존재하지 않을까. 마리아와 나는 삶의 회의를 느꼈다. 우희와 선희는 이루 말할 수 없는 검사의 집요한 질문에 그만 지고 말았다. 청주지방 항소심에서 패소 판결을 받고 맥이 풀리기 시작했다. 우리 집에 드나드는 법원 사람들도 검사를 욕하며 아무것도 아닌 것을 진짜인 것처럼 만들어 버렸다며 검찰의 비겁함을 한탄했다.

이렇게 우리는 법정 다툼을 4년이나 벌이며 대법원까지 가서 지고 말았다. 우리들의 꽃수녀는 묵주를 들고 기도했지만 상심이 나날이 커서 가슴이 아팠다. '시인의 공원' 느티나무를 끌어안고 우리가 받은 상처와 우희와 선희가 받은 아픔을 이야기했다. 지금 이 글을 쓰면서도 그 코가 높은 젊은 검사가 나타나서 명예 훼손으로 고발한다 할까봐 은근히 겁이 난다.

우리 집의 미성년자 술 이야기가 길고도 길었다. 가게

는 문을 닫고 '두 달 후에 만나요'라는 글을 써서 부치고 우리는 장흥에 있는 회진포구로 바람을 따라 떠났다. 간혹 그 우희와 선희가 어디에서 우리 집을 바라보며 아픈 상처를 보상받고 싶어할지도 모른다는 죄책감이 든다. '호박식당' 아버지의 항의 섞인 목소리가 들려 온다. "우리 아이는 그곳에서 술을 먹지 않았는데, 왜 자꾸만 검사실에 오라 하나요. 국숫집에서 책임지세요." 거친 바람이 몰려온 후 '시인의 공원' 느티나무가 뿌리 째 뽑혀 흔들린 듯했다. 국숫집아줌마들이 억울하다며 바람이 세게 검사실 문을 탁탁 두드린다.

국수신이 된 여자

국수솥을 들여다보지 않아도
면발의 속내가 훤히 보인다
밤낮으로 가락국수를 늘리다가
부엌 바닥에 신문지 깔고 누워
녹슨 환풍기만 바라본다
설거지하다 구정물이 뱃속을 채워도
느티나무만 쳐다본다
술꾼들에게 영업 끝났다는 말을 못해
가게 앞 느티나무 잎을 덮고 잠을 잔다
곰표 밀가루 두 포대를 반죽하다가
허리가 무너져 시인의 공원으로 줄행랑 친다
낮달이 떠 있는 시인의 공원에서
문득 개밥바라기가 보고싶다.

주인.
나의 오솔길

목이 탄다. 침을 삼키면 목구멍이 찢어질 듯 아프다. 그리고 가끔 마른기침이 심하게 난다. 머리도 아프고 콧물이 흐른다. 평소에 앓았던 감기 증세 비슷하다. 그런데 묘하게 검은 커튼이 나를 에워싸고 있다. 목이 검은 장미꽃을 삼키는 듯하다. 부드러운 장미 이파리에 붙은 가시가 근육을 쑤신다. 점점 검은 커튼 속에서 전 세계를 유행한 검은 구름이 나에게 온 느낌이다. 이렇게 통제할 수 없이 목이 까끌까끌하고 온몸에 힘이 쑤욱 빠진다.

이제 이곳저곳에서 검은 구름은 여기저기 할 것 없이 검은 비를 뿌린다. 가게를 하고 있는 나를 딸이 조심하라며 당분간 문을 닫으라는 말을 한다. 그런데 나는 고집한다. 가게를 지켜야 한다는 사명감이 있다면서 갈때까지 가자고 억지스런 말을 한다. 이렇게 2년 넘게 버티며 손님이 잦아진 국숫집을 지키고 있다. 이런 세월 속에 인건비가 없어서 가지고 있는 금을 백 돈이나 팔아서 충당을 했다. 아무에게도 말 못하며 쓰린 가슴을 달랜다.

　이런 난리 속에서 환상적인 꿈을 꾸기도 했다. 어느 날 그렇게 세상을 잡고 뒤흔드는 검은 먹구름 속에 젖어보고 싶다. 사람들이 그렇게 거부하는데 속절없이 찾아와 아픔과 고통 그리고 죽음까지 관여하고 있는 유행병을 보란 듯이 한 번 걸려서 싸워보고 싶다는 생각을 해봤다. 그러다가 힘들어 내 기운이 모두 빠지며 내가 갖고 있는 모든 책임과 소명감을 훌훌 털고 검은 구름 따라 하늘나라로 가고 싶다는 위험한 꿈을 꾸어 보기도 했다. 사람들은 가게를 하다 망하면 문을 닫을 생각을 하는데 왜 나는 그렇지 못한가. 무엇에 홀려서 이곳에 남아서 삶과 죽음 앞에서 사투를 벌이려 애를 쓰는가. 이런 내가 한심했다. 그런데 실제로 검은 구름이 나를 에워쌌다. 죽기아니면 까무러치기지, 그런 오기가 금세 사라졌다. 이 유행병을 남들이 알면 우리 국숫집이 망할거라는 생각이 들었다. 마리아와 나는 문을 닫으며 사정상 보름 쉰다는 문구를 유리창에 붙였다. 그리고 병원을 찾았다. 우리나라에 오만 명이 넘었고 충주에 팔백 명이 넘게 오미크론이란 유행병이 번지고 있어서 이제 자택 치료가 허용되었다. 증세는 목이 아프고 가슴통증으로 기침이 나오고 콧물이 나온다. 근육통이 심하다. 그런데 이상하게 검사 결과는 음성으로 나온다. 목구멍이 찢어질 듯 아프다. 기침이 거세다. 근육통으로 걸을 수가 없다. 의사는 요즘 증상이 맞는데 음성이 나올 수 있다는 말을 하며 약을 처방해 준다. 마스크를 쓰고 걸어오는 길에 펄쩍 주저앉고 말았다. 삼십 년 가까이 이 길을 밤에 걸었다. 밤에 걸으면서 길에서 풍겨나오는 냄새가 때로는 무겁고 질퍽하며 들쩍지근하기도 하고, 사람들의 신발 냄새와 땀냄새가 달맞이꽃 향과 버무려진 묘한 냄새가 났던 길이다. 달이 떴을 때 내 그림자를 따라 집으로 가는 길은 여간 재미나는 일이 아니었다. 낮에 만났던 사람들 다 용서하세요. 이런 말을 하면서 총총히 이 길을 걸어 얼마만큼 크기의 언덕을 넘으면 나의 오솔길에 도착한다. 나의 오솔길이라는 이름을 붙이고 주변 모든 사람들이 잠든 틈에 나만의 자유를 가졌다. 소나무, 밤나무, 오동나무가 심어 있고 그 아래 작은 동산처럼 달맞이꽃과 매화, 철쭉꽃, 모란, 코스모스, 칸나, 살아있는 식물과 꽃과 나무를 아무렇게나 풀어 놓은 듯하다. 사람 가슴 속에 정원 하나 감추고 살 듯이 그렇게 이 오솔길에는 내가 좋아하는 꽃과 나무들이 들쭉날쭉 피어나서 나를 잡아당긴다.

주인.
너의 오솔길

철쭉꽃이 여기저기 촛불처럼 피어나 아무도 다니지 않는 오솔길을 환하게 비추고 있는 밤이다. 가파른 언덕배기를 터벅터벅 기어 오르다가 눈앞에 있는 철쭉을 보면 하루의 피로가 싹 풀린다. 산뜻한 붉은 치마 속에 쌓여 있는 느낌이었다. 그날 나는 가게 문을 닫고 나와 걸어오는데 햇빛과 달빛을 마주하지 못하고 하루를 보낸 느낌이었다. 전 세계적으로 유행한 감염병 때문에 손님들이 없었다. 빨리 문을 닫고 나의 오솔길에 가고 싶었다.

어둠 속에 그가 서 있었다. 눈에 익은 모습, 그는 나를 보며 웃었다. 오래 전에 느티나무 아래서 만났던 사람이다. 짙고 푸른 느티나무 옷을 입은 듯한 우리의 청춘이 묻어있던 시절이 갑자기 다가왔다. 가슴이 뛴다. 쿵쿵 소리가 난다. 이런 두근거림을 나도 느낄 수 있다는 것이 얼마나 오랜만인가. 시인의 공원 느티나무 아래 만났던 사람들의 인연을 생각하면서 나만 이곳에 남아 있다. 그 많은 사람들을 다 보내고 나만 이곳에 남아 그 사람들과의 추억을 그리워한다는 것은 너무 바보같다는 생각이 들지만 어쩔 수 없는 나의 업이다. 이곳에 와서 살 수밖에 없는 현실이다. 모두가 떠난 후 빈 자리를 지키며 간혹 이렇게 헤어진 사람들을 만난다.

"참으로 오랜만이네요. 그동안 잘 있다는 소식은 알고 있었지요. 그런데 며칠 전부터 문득 이 집에서 국수 끓이는 한 여인의 모습이 오락가락 하더라구요. 그래서 다른 곳에서 친구들과 저녁 식사 후 술 한 잔 마시고 이 집에 와 봤어요. 그 시절이 그리워서요. 젊은 날 느티나무 아래 서 있지요. 얼마나 많이 이 집을 드나들었는지 모르지요. 문턱이 닳도록 국숫집 여인이 좋아서 드나들었지요. 국수가 좋아서도 아니고 문학이 좋아서도 아닌 오

롯이 여인이 좋아서 나는 이 집을 드나들었어요. 내 기
억 속 여인의 모습은 따뜻하지만 차가웠지요. 그래서 더
좋아했는지 몰라요. 느티나무 아래서 내 안에 들어있던
이야기를 모두 뱉어 놓고 그 다음날부터는 어색해서 한
동안 이 집을 못왔지요. 녹음이 짙은 오월의 어느 날 밤
나는 여인에게 이런 이야기를 했지요.

　신혼시절에 아내가 사고로 죽었는데 그 절절한 아픔
에서 헤어나지 못하여 결국 나는 다니는 교육청을 떠나
절로 들어가게 되었던 이야기를 이 집 여인에게 술을 많
이 먹은 후 털어놓았지요. 현실도피로 떠났던 그 시간들
이 왜 그렇게 힘이 들었는지 모른답니다. 그 시절에 가
버린 아내를 닮은 여자를 국숫집에서 보며 내 안에 들어
있는 진짜 이야기를 꼭 하고 싶었답니다. 여인은 내 이
야기를 국수 끓이다가 젖은 앞치마를 입은 채 느티나무
아래서 진정성있게 들어주었지요. 그리고 놓고 간 나의
딸을 위해 울었답니다. 나는 그때 우리 아내를 다시 만
났다는 생각에 뜨거운 눈물을 흘렸답니다. 여인은 내 눈
물을 뜨거운 손으로 닦아주면서 엄마 닮은 딸을 위해 용

기를 내라고 하더라구요. 산으로 들어가고 싶다는 말은 현실도피라 하면서 주어진 자리에서 꾸역꾸역 참아 내라 했어요. 그때 여인의 말이 떠올라요. 세월이 약이라 했어요. 산으로 들어가지 말라는 여인의 말을 뒤로 하고 나는 그때 한동안 해인사로 들어갔어요. 동료 친구가 밤에 나의 보퉁이를 보듬어 주면서 절로 데려다 주었지요. 나만 살기 위하여 어린 젖먹이를 어머니에게 남겨 두고 현실을 외면하고 도망갔답니다.

꽃이 피고 지고 나뭇잎이 푸르다 떨어지면서 정말 여인이 말했던 것처럼 세월이 약이 되더라구요. 아내가 보고 싶고 아내 닮았던 국숫집 여인이 보고 싶어서 아내가 남긴 딸이 보고 싶어서 절에서 내려왔지요. 그렇지만 내 속내를 털어놓았던 연수동 시인의 공원에는 올 수가 없었답니다. 아내를 닮은 국숫집 여인을 마주할 용기가 나지 않았지요."

그 남자의 말이 엊그제 느티나무 아래서 내 마음에 쿵 와닿았던 삶 중에 들어있는 고백같이 심장을 찌른다. 아니 그사람의 상처가 내 마음에 상처를 내어 쓰리고 아프게 만들어놓고 떠났다. 섣부른 호기심으로 되물어 볼 수가 없어서 더 가슴이 아팠던 사람이다. 아내를 닮았다며 내 곁에서 계속 징징댈 줄 알았는데, 그 사람은 느티나무 길을 향하여 아스팔트 길을 걸어 총총히 사라져 버렸던 것이다. 그분 친구에게 그 사람 이야기를 물어보니 해인사로 들어갔다는 말을 했다. 어린 딸을 남겨 두고 현실 도피로 떠났다는 생각이 들어 분이 나기 시작했다. 해인사에 가서 그 남자를 잡아 끌어오고 싶었다. 남의 불행한 일에 관심이 많은 나는 그 분 친구와 함께 어느 가을날 그 사람을 잡으러 국숫집 문을 닫고 갔다. 시월의 어느 날 해인사 가는 길에는 단풍잎이 붉디 붉게 타오르고 있었다. 그 사람이 아내를 위해 현실을 떠났다면 저 불타는 단풍잎을 보며 그리움이 한 웅큼 다시 되살아 날 것만 같았다. 친구분은 나의 진한 관심에 그 사람과 나의 관계가 돈독한 사이라 오해한 눈치였다. 하지만 괜찮았다. 그 사람의 피보다 더 진한 파란 눈물을 느티나무 아래서 보았기 때문이다.

은행잎이 와르륵 바람에 몰려와 시월의 해인사 문턱

을 쓸고 다녔다. 이 세상의 온갖 번뇌가 이렇게 바람에 날아가 버렸다면 얼마나 좋을까.

친구 분이 그 사람이 해인사 들어간 날 비바람이 많이 불었다는 말을 했다. 그 사람이 많이 울면서 보통이를 안고 절 안으로 들어간 후 기가 막혀서 본인도 잠을 못잤다는 말도 했다. 해인사 안으로 들어가 그 사람을 찾았으나 찾을 수 없었다. 어디론가 다시 떠났다는 이야기를 듣고 팔만대장경을 뒤로 한 채 터벅터벅 해인사를 걸어 나왔다. 산다는 것은 인연 따라 산다는 것이 아닌가. 그렇게 불어대던 가을날의 바람이 잠잠해지기를 바랄뿐이었다.

세월이 약이라는 말이 맞았나 보다. 그 사람이 지금 내 앞에 현실에 잘 적응한 사람으로 서 있다. 나의 오솔길을 그 사람과 함께 걸어왔다. 피보다 더 진한 철쭉꽃을 보며 달그림자를 밟고 우리는 서 있다. 붉은 철쭉만 있는 줄 알았는데 그 옆에 어머니 무명 저고리 같은 하얀 철쭉이 우리를 보고 있다. 환해서 돋보이지 않았지만 나의 오솔길 위에는 희디 흰 철쭉이 있었다. 물들이지 않은 마음에 진한 물이 들어오는 짠한 밤이다.

아무에게 알려주고 싶지 않았던 나의 오솔길을 그 사람에게 내어 주었다. 가슴 안에 비밀의 나무 하나 심어 놓고 별 것이나 되는 것처럼 간직하고 있다.

하루 30만 명이 넘는 코로나 환자가 나온다는 매스컴을 본다. 움츠리고 있던 내 안의 검은 장미꽃 가시를 어떻게 목구멍 깊이 삼켜 버리느냐가 문제다. 나의 오솔길에 주저앉아 해인사로 그 사람을 찾으러 갔던 시월의 어느 날처럼 단풍나무 길을 걸어 나의 오솔길로 나를 찾아와 주었으면 좋겠다. 주저앉아 있는 나의 힘없는 손을 잡아 이 길을 터벅터벅 걸어 다시 '시인의 공원'을 지나 가락국숫집 문을 열고 싶다.

붉디붉은 철쭉이 희디흰 철쭉을 사모하듯 다시 일어난다. 나의 오솔길에 주저앉을 수는 없다. 달그림자를 뒤로한 채 꿈결처럼 몽롱한 꽃과 바람과 감염병에 취한 나는 산뜻하고 향기로운 오솔길을 뒤로 한 채, 연수동 먹자골목에 손님들이 두고 간 이야기를 엮으러 휘적휘적 걸어간다. 죽어도 국수를 끓이다 죽고 싶다. 그곳에는 나의 단골들 수많은 이야기들이 살아있다. 손님들의 단골집일 뿐만 아니라 나의 유일한 분신이며 목숨을 담은 단골집이기 때문이다.

　다시 문을 열고, 다시 이야기를 시작하고, 다시 가락국수를 끓인다.

퇴근

온종일 식당에서 설거지하다
다리가 고드름이 되었다

치수가 다른 신발을 신을 수 없어
얼음 바닥에 털썩 주저앉는다

세상에 녹지 않는 길은 없다며
언 발로 눈길을 걸어간다